어떤 살아있는 것의 빛

윤 신

여름 정원

짧은 인사, 안부, 웃음, 기억, 문자에도

우리는 얼마나 말랑해질 수 있는지

어떤 살아있는 것의 빛

차례

1부

여름에 가까운

2부

쓰기에 가까운

9

에필로그

1부

여름에 가까운

빨래개기와 홈홈

빛이 흐드러진 오후, 옅게 우린 녹차를 마신다. 장미 조금,
망고와 파파야 조각이 조금 섞인 녹차의 이름은 초록 장미
green rose. 연둣빛 장미를 상상해 봐. 갓 말린 이불에 푸른 꽃과
풀을 뜯어 함께 누운 것 같아. 한껏 볕을 머금은 이불을 거실
에 펼쳐 고양이와 드러누워도 좋겠지. 아무것도 하지 않아도
시간은 잘도 가고, 시간은 원래 그런 것이니 잘 가렴, 그대로
내버려두고. 냉침을 할 걸 그랬나. 미지근한 차도 좋지만 차
가운 물에 하루 우린 차는 시원해서 좋아. 날이 좀 더 뜨거워
지면 그래야겠다. 해야 할 목록의 일은 줄어들 생각이 없고.

며칠 내 비가 왔다. 흐린 날에는 몸도 마음도 냄새처럼 쉽게
고인다. 물에 담긴 빨래처럼 퉁퉁 불어서, 나의 때와 못난 부
분이 둥둥 떠다니는 것이 그대로 보여서 자꾸만 구석으로 숨
고 싶어진다. 날이 좋아지면 그때 일어날게. 치밀어 오르는
게으름과 노곤함이 모든 것을 이겨 보이고, 보이지 않는 일들
을 다시 한쪽으로 밀어두지. 그렇게 해야 할 일의 목록은 자

꾸만 늘어나고.

들이쉬고 내쉬고 숨을 쉬는 것처럼 특별한 것도 급한 것도
없이, 그러나 고르게 이어지도록.

어느 정도 체력이 돌아왔으니 할 것의 목록을 적어보기로
한다. 지키고 싶은 하루의 순서를 정하고 나름의 규칙을 세운
다. 아침에 일어나면 햇빛보기, 세 시간 글쓰기, 책상 정돈하
기, 커피 연하게 마시기처럼 별것 아닌 것 같지만 매일 지키
기 힘든 것들. 다 말려진 빨래를 미루지 않고 바로 개는, 그런
사소한 것들.

얼마 전 박물관에서 쌍희 희 囍를 보고 할머니를 떠올렸다.
할머니 집 양은 밥상의 꽃 무리에 묻혀있던 글자. 저 글자는
뭐라고 읽을까. 어렸을 때는 훔훔인가 흄흄인가하고 읽었는
데, 저 반쪽은 기쁠 희인데. 기쁠 희가 두 개 있으면 뭐가 될
까. 할머니는 여름이면 그 상에 시원한 국수를 말아주었는데.
다음날인가 알아보니 쌍희 희였다. 기쁘고 기쁘니 함께 기뻐
라. 참 사랑스러운 글자라 생각하며 박물관 베갯잇과 수납장
에 수놓아진 홈홈들을 떠올렸다. 기뻐라, 기뻐라, 단잠을 자
고 일을 하고 차를 마시고 책상이나 버스 의자에 앉아 있는
우리는 서로 기뻐라.

어질러진 책상에 앉아 녹차를 홀짝인다. 찻잎과 장미잎, 망고 조각과 파파야 조각이 스며든 찻물을 마시면서 오늘은 해가 좋구나, 빨래가 잘도 마르겠구나 기뻐한다. 시간은 가고 어차피 갈 시간 고이 보내주고. 겹쳐지고 겹쳐지는 것들을 하나씩 차곡차곡 꺼내 말린다. 기뻐할 일들의 목록을 새로이 발견한다.

책상 정리는 내일 해야지, 약간의 게으름을 껴안은 채로.

목련은 죽지 않습니다

목련이 보이는 자리에 앉아 가지 끝에 맺힌 겨울눈을 봅니다. 수목은 멀리에 있지만 나는 그것이 목련임을, 겨울 밑 희고 가는 털이 아직 피지 않은 꽃의 시간을 위해 안밀安謐히 돋아있음을 운명처럼 압니다. 알아버립니다. 어떤 것은 설명도 의심도 없이 우리 앞에 섭니다. 저들의 자리와 존재를 알리지 않아도 우리는 알아채고, 우리가 안다는 것을 저들도 알고 있습니다. 공기의 떨림과 빛의 전율, 겯든 시선.

우리는 말하지 않아도 많은 것을 압니다.

목련은 꽃이 먼저 핍니다. 어떤 봄의 꽃들은 그렇습니다. 잎보다도 꽃을 먼저 피워냅니다. 망울이 북쪽으로 피어 북향화라고도 불리는 목련 역시도 맨 가지에 탐스러운 얼굴을 그득히 내밉니다. 버스를 타고 지나는 오래된 길목에도, 커피가 맛있다는 카페의 이층 난간에도, 아이들이 뛰어노는 보기 드문 놀이터의 한 모퉁이에서도 목련의 꽃잎은 있는 힘껏 벌리고 벌려 제 몸을 펼칩니다. 그가 늘어트린 몸이 무용수의 몸

짓처럼 무서울 만큼 우아하다고 저는 가끔 생각하곤 했습니다. 그러나 내 앞의 목련은 아직 겨울눈을 그대로 입고 있습니다. 꽃눈과 잎눈. 이토록 멀리서도 보이는 것은 아마도 꽃눈일 테지요. 겹겹의 옷을 입고 겨울잠을 자는 꽃은 내가 이 자리를 떠난 며칠 뒤에야 잠에서 깨어날지도 모릅니다. 누가 보든, 보지 않든. 누가 알아보든, 알아보지 않든. 꽃은 무릇 언젠가는 피어나기 마련이라면서요.

부끄럽지만 한때는 꽃이 지면 꽃이 그만 죽는 줄로 알았습니다. 고양이에게 물려 죽었던 한 쌍의 백문조처럼 그만 죽어버리는 줄로 알고 엉엉 울기도 했습니다. 누군가 똑똑 분지른 꽃의 목을 보고 꽃이 죽었다고 생각했습니다. 그런데 다음 해 다시 그 자리에 꽃이 피었습니다. 꽃의 부활. 오래되고 새로운 탄생.
꽃은 죽지 않습니다.

이제 목련이 보이던 자리에서 일어나 길을 걷습니다. 갈라지고 내뻗는 길이 꼭 목련 가지를 닮았다고 눈썹차양으로 그늘을 만들며 생각합니다. 빛이 꽤 눈부십니다. 당분간은 길도 목련도 죽지 않을 것입니다.

나를 경애해요

사랑받고 자랐구나, 라는 얘기를 들을 때가 있어요. 그러면 가만하고 곰곰하게 조각된 시간을 바라봅니다. 작은 내가 만든 단편들을요. 내 안의 작은 나는 현실의 나처럼 살림하고 일을 합니다. 대신 그 아이(내 안의 나를 이렇게 부르겠습니다)가 신경 쓰고 바라보는 건 오로지 '나'라는 사람의 생태입니다. 나를 관찰하며 외부로 통하는 모든 문, 그러니까 눈과 귀를 쉬게 하거나 활짝 열게 해요. 무의식의 흐름대로 살아가는 나를 붙들어주기도, 현실을 망각시키기도 하면서요.

두 번째 문장에서 조각된 시간이라 썼습니다. 시간을 조각한 것도 그 아이예요. 적절히 편집하고 왜곡해서 지나온 시간의 형상을 만듭니다. 벽의 한 면, 차고 있는 시계, 반바지, 투명한 안경처럼 각자의 모양과 색을 가진 기억들이 그 자리에 있어요. 사람들은 시간을 흐르는 것, 이미 고정되어 다시는 돌이킬 수 없는 것이라 하지만 그렇지 않아요. 시간은 언제나 제자리에 있어요. 사건과 관계로 남아 이곳에 존재합니

17

다. 때로는 사물이 되어 방안에 남기도 하지요. 그 아이는 그 것을 소조하듯 뼈대를 살짝 비틀고 점토를 붙여요. 나를 좌절 시키는, 웃게 하는, 편안하게 하는, 숨 막히게 하는 모든 요소 를 그 아이는 알고 있으니까요. 무엇이 나를 살게 할지 알고 있습니다. 무엇이 나를 숨어들게 할지도요. 그래서예요. 다른 속도와 리듬을 가지고 유지되는 시간의 기억을 그 아이는 제 마음대로의 간격으로 분절시켜 기록합니다. 펼쳐진 배경색에 서 반사판을 대고 색을 골라 무지개를 만들어요.

가족에게 충분히 사랑받고 있다고 느낀 적이 없습니다. 적 어도 어린 시절은요. 하지만 왜 다들 그러잖아요. 트라우마 니, 유년의 기억이니 하며 그 시절이 인생을 지배한다고요. 나 같은 사람에게 그런 말은 저주에 가깝습니다. 나의 의지로 바꿀 수 없는 유년의 경험이 영원이 된다니요. 사양하겠습니 다. 그 아이는 재편집을 선택했어요. 망각이라는 최면과 확장 이라는 이스트를 넣었죠. 술과 폭력으로 상징되던 아버지는 내게 없는 사람이에요. 지워버렸지요. 대신 교회 언니의 안경 하나를 부러트리고 우는 나를 달래준 상냥한 사람으로만 기 억해요. 어려운 시절 서울대를 간 똑똑한 사람으로만 저장하 는 거예요. 그런 식입니다. 집 나간 엄마의 부재를 동네 아주 머니가 건네준 과자로, 그 작은 연민과 애정으로 채우기도 합 니다. 몰래 찾아온 엄마가 사준 경양 돈가스에 딸린 수프처럼 유약하지만 따뜻하고 부드러운 기억들로요. 받지 않은 큰 사랑은 줄이고 건네받은 작은 사랑을 키우며 그 아이는 나를 채 웠습니다. 타인의 인사와 눈짓, 다정한 손길로 그득그득 내 안을 쓸고 닦았어요. 너는 사랑받는 사람이야, 너는 지금으로 도 충분해. 다감한 오해를 시켰습니다. 그것도 사랑이야. 차 마 몰래 훔쳐보던 어린 엄마의 눈길도, 좋아한다며 남자아이 가 수줍게 꺼낸 손수건에 새겨진 내 이름도, 단단히 내 손을 부여잡던 친구의 작은 손도, 타인의 스쳐 지나가는 호의나 가 벼운 인사도, 그 아이는 모두 사랑이라 여깁니다. 아마 사랑 이라 여겨야만 했을 테지요.

이 세상 수많은 사람들 속 그 아이들을 생각합니다. 내 안 의 그 아이를 생각해요. 시간과 기억은 여전히 그 아이들 주 위에서 맴돌고 그 아이들은 바지런하게 제 몫의 일을 합니다. 각자의 나를 위해 기억을 스노우 볼처럼 흔들고 닦고 배치합 니다. 그러면 그 안에서는 눈이 날리고 유리구슬 속 사물들엔 얕고 흰 다정한 눈이 쌓이겠지요. 나는 그들과 흩뿌려진 흰 눈을 경애합니다. 그리고 누구보다 내 안의 나를 경애합니다. 나는 나를 경애해요.

당신은 어떠신가요.

까치는 죽은 나무에는 집을 짓지 않는다

식물처럼 온몸으로 햇빛을 받으며 바다 곁을 걷는다. 그녀와 나. 월요일 한낮의 도로는 조용해서 작은 소리와 사소한 움직임에도 예민하고 다정하다. 백색 소음에 가까운 시간. 한때 바다의 조각이었을 발밑을 두 다리로 유영하다 작고 낮은 어린나무에 지어놓은 까치의 집을 발견했다. 새는 왜 저렇게 몸이 가는 나무에 집을 지을까. 그것도 유독 둘레가 얇고 키가 큰, 그래서 바람이 불 때마다 휘청거리는 나무 그 꼭대기에다가. 저 멀리, 또 저 멀리에도. 비슷한 유의 나무에만 까치집(까치라 생각한 것은 그 근처에 보이는 새들이 모두 까치였기 때문이다)이 있네. 뭔가 이유가 있겠지. 인간이 모르는 까치의 호오라던가 습성이라던가, 뭔가. 우리는 촘촘히 지어진 둥지를 찬탄하며 바라본다. 바다였던 자리에 인간이 집을 짓고 그곳에 또 새가 집을 짓고. 시야의 모든 면을 바람이 쓸어내리는 고요한 평일의 낮. 다시 우리는 걷고 그녀가 말했다.

새가 되고 싶어요. 새가 되어 이곳저곳에 집을 짓고 다니고 싶어요.

그러네요. 새가 되면 바다 앞이든 숲의 안이든, 마음에 드는 곳 어디든 살 수 있네요.

그러다 나는 웃었다.

그런데 보통 새가 되고 싶다고 하면 자유로이 날고 싶어서, 아닌가요?

새는 좋겠다. 자유로이 날고 집도 마음대로 짓고. 인간이 만든 경계와 수치 너머 어디든 나뭇가지를 물고 집을 지어다 살고. 물론 그 나름의 고충은 있겠지만 거기까지는 차마 알지 못하고. 얼마 걷지 않고 우리는 곧 남이 지은 각자의 집으로 향했지만, 나는 자주 그날의 앙상한 나뭇가지 사이의 하늘과 얕게 돋은 풀 같은 것을 생각했다. 직접 집을 지을 수 있다면 얼마나 좋을까도 바랐다. 그러나 그건 나의 게으름과 체력이 허락하지 않을 테고.

봄은 여기에 있다. 드문드문 산수유와 매화가 핀 반쪽짜리 봄. 그리고 지금 내 바로 맞은편엔 배가 붉고 볼이 흰 새가 포르르 날아 나뭇가지에서 땅으로 내려왔다. 사진을 찍어 그녀에게 물었더니 곤줄박이라고 한다. 곤줄박이도 참 예쁘게 생겼구나. 하지만 까치일 거야. 그날의 그 집주인은. 그런 생각을 하며 울라브 하우게의 시를 읽었다.

까치가 이사를 했다

까치는 죽은 나무에는 집을 짓지 않는다

그렇다. 둘레가 유독 얇고 키가 커서 작은 바람에도 흔들리
던 그 나무도 어쨌든 살아있던 거다. 문득 그런 생각을 하니
이상하게 안심이 되었다. 살아있는 것, 그게 뭐라고. 아니 그
게 다라서. 살아있어 봄이 오고 살아 있어 새가 날고 살아 있
어 걷는, 그게 다라서.

좋다 좋아한다 좋겠지 좋아하는

책을 펼쳤다. 펼친 면면마다 좋다 좋아한다 좋겠지 좋아하는 이라는 말이 가득하다. 여름, 숲, 책, 강가, 도서관, 왜가리, 오랑쥬 껍질, 목욕탕, 짙은 그늘, 사각사각. 좋아하는 것들이 가득한 생활은 얼마나 좋을까. 물론 이 책은 여름내 머문 여행의 기록이지만. 애초에 여행은 자기가 좋아하는 것들에 대한 찬미이지만. 뭐, 좋아하는 것의 목록을 아는 것도 좋은 일이지. 팔랑. 책장을 넘기며 좋아하는 계절을 골라 좋아하는 장소에서 실컷 머무는 상상을 한다. 취리히, 교토, 멜버른, 슈바빙, 프라하. 진짜 갈 것도 아니면서 그곳의 날씨, 음식, 동물과 식물, 커피 같은 것들을 찾아보고 고심한다. 꼭 책에 빠져 읽을 때 같다. 몸은 여기 있지만 마음은 문맥과 다른 공간에. 요즘은 책 읽는 시간이 늘어 진짜 현실과 문맥에 사는 시간은 아마도 8대 2 정도 될 것이다. 아니 거기서 꿈의 시간 1을 빼고 염려의 시간 1, 공상의 시간 2를 빼면 현실의 몫은 4 정도? 지나거나 오지 않은 시간을 생각하는 시간과 SNS에서 타인의 삶을 훔쳐보는 시간까지 빼면.

나에겐 얼마의 실제가 남았나.

　책의 마지막 두 면을 채우는 것은 한 장의 사진이다. 선풍기와 흰 수건, 라무네가 놓인 다다미방 앞, 반쯤 열린 문 너머로 작은 나무가 보이는. 어쩐지 매미 소리도 들리고 어쩐지 더운 공기가 가득한. 안녕, 잘 가, 하는 인사가 나직이 들릴 것 같은. 그런 사진.

　좋아하는 것들이 하나둘 늘어나는 것도 좋지만 지금 좋아하는 것들이 오래가도 좋겠다. 좋은 것들을 오래오래 두고 보면 좋겠다. 십여 년 전에 갔던 타국의 오랜 찻집이 그대로면 좋겠다. 좋아하는 수영과 요가를 어디서든 오래 하면 좋겠다. 그렇게 좋아하는 것들을 자주 또 오래 보고 싶다. 좋다 좋다 좋다 좋다 좋다. 좋다는 말은 좋은 만큼 하고 싶다.

　좋아하는 나의 당신도 그랬으면 좋겠다.

차갑고 푸른 물과 빨간 수영복

물을 떠올린다. 약간의 소름이 돋을 정도로 차갑고 푸른 물과 그 안을 유영하거나 걷는 몸, 물의 저항, 몸을 타고 흐르는 물살과 낮은 파고, 수면에 닿는 물방울, 부딪히고 터지는 흰 포말, 푸른 양수의 포옹, 가벼운 몰입, 손이나 다리를 뻗는 동작이 가진 단순성과 반복, 중력과는 다른 물의 장력, 맨몸에 가까운 자유.

나에게 있어 그것은 고요나 안온으로의 회귀, 혹은 지치고 가라앉는 마음에 부력을 밀어 넣는 일이다. 오늘처럼, 시작이 피로하던 오늘의 아침처럼 끝을 모르게 마음이 흐트러진 날이면 떠올리는 것들 – 빛이 꺾이는 수면과 일렁이는 물결, 투명과 푸른색의 경계 어딘가.

그리고 그 가운데 빨간 수영복 같은 것.

*

25

바람이 미친 마음처럼 불던 날 집마다 베란다에 내놓은 잎이 긴 식물들이 온몸을 풀어헤치고 비를 맞았다. 조용한 거리에 오직 비와 바람만이 제 세상인 양 존재를 드러냈다. 태풍이 온다고 했을까, 이미 태풍의 한가운데일까. 주 week마다 렌트비를 내던 스튜디오의 커다란 창문을 열고 높고 낮은 건물들을, 짙은 색으로 번져가는 그들의 몸을 지켜봤다. 머리칼과 얼굴에 닿는 비가 나쁘지 않았다.

나는 서른한 살이었고 뭐 하나 제대로 하는 게 없었다. 적어도 그렇게 생각했다. 하던 일은 내 일이 아니었고 연애 상대도 내 사람이 아닌 것 같았다. 뭘 해야 할지, 어디서 살아야 할지, 누구를 만나야 할지 모르는 것투성이었다. 그날도 누구를 기다렸던가. 하기야 그 당시 난 무엇이든 기다렸다. 사람이든 일이든 장소든 기다리면 올 거라 막연히 기대했다. 기다리고 기다리는 게 내 일이라 여긴지도 몰랐다.

비바람을 온 얼굴로 맞아가며 젖은 콘크리트 건물들을 바라보다 무심히 아래로 고개를 돌렸다. 직사각형의 푸른 수조를 닮은 수영장이 있는 자리였다. 양변이 긴 사각의 물. 수면에 물방울이 튀기도록 비가 오는데 누군가 수영을, 그것도 새빨간 수영복을 입고 하늘을 바라보며 배영을 했다. 가슴과 배로 비를 한가득 맞으며 등으로 물살을 헤쳤다. 부드럽게 턴을 하고 자유형, 다시 배영. 비가 와도 상관없다는 듯, 아니 더 즐겁다는 듯 오래 물속에 머물렀다. 내 머리가 온통 비에 다 젖을 때까지 그녀는 빨간 점으로 물 안에 계속 머물렀다.

 그칠 것 같지 않던 비가 멎고 멀리 오렌지빛 하늘에 무지개가 떠올랐다. 늘 종잡을 수 없던 날씨였다. 사는 것도 날씨와 같을까, 중얼대며 건조기에서 수건을 꺼내 머리를 말렸다. 창을 열고 다시 수영장을 봤다. 빨간 수영복의 여자는 어느새 사라지고 없었다. 그러나 푸른 수영장의 빨간 수영복. 그것은 하나의 상 像처럼 각인되어 몸과 마음이 쏟아질 것 같은 날이면 다시 내 앞에 선다. 모든 것이 그대로다. 나는 어김없이 비를 얼굴로 맞고 수영장에는 가벼운 몸으로 빗속에서 유영하는 그녀가 있다. 뛸까. 뛰어서 저 물에 나도 함께 풍덩 들어갈까.
 나는 아직도 뭔가를 기다리며 일상의 부력을 꿈꾸는지도 모르겠다.

*

 할 일 없이 피드를 내리다 하나의 영상이 몇 번이나 반복되도록 내버려뒀다. 바다와 하늘, 파란 계열의 레이어 가운데서 빨간 비키니를 입은 노인이 걷고 있는 영상이었다. 어깨와 등이 까맣게 탄 노인이 라피아햇을 쓰고 허벅지까지 잠긴 수면을 헤치며 책 한 권을 손에 쥔 채 읽는다.

왼쪽에서 오른쪽으로,

왼쪽에서 오른쪽으로.

짧은 영상은 계속 반복되고 아이들의 웃음소리, 바람 소리, 바람이 밀어내는 바닷소리도 반복된다. 감탄했다. 그것은 동작이 들어간 휴식, 지금까지 생각해 보지 못한 새로운 방식의 쉼이었다. 그 느리고 단순한 행위가 주는 안락함이라니. il dolce far niente 달콤한 게으름. 누군가 남긴 댓글을 보며 게으름의 정의를, 게으름의 특권을, 게으름이 주는 나른함 같은 것들을 생각했다. 그리고 더없이 매력적이던 바다 한가운데서의 읽기.

그러다 오래전 비 오는 날 수영하던 여자가 떠올랐다. 그들이 건네는 평온과 무심함, 고요 같은 것들이 겹쳐졌다. 보통의 휴식을 넘어선 뭔가 더 중요하고 근본적인 것. 이를테면 아무에게도 방해받지 않는 자기만의 시간에 대한 고집과 가벼운 일탈에의 의지 같은 것.

노인이 책을 읽다 고개를 든다. 바다가 있다. 푸른 바다와 문장의 나열. 그 숨 막히도록 조화로운 리듬 가운데 다시 한번 빨간 비키니가 있다. 푸른 물과 빨간 수영복이 있다.

*

숨을 쉰다. 숨을 쉰다는 것을 의식하고 다시 한번 숨을 쉰다. 그리고 또다시 물을, 약간의 소름이 돋을 정도로 차갑고 푸른 물을, 그리고 그 가운데의 빨간 수영복을 떠올린다. 찰싹, 발 끝에 차가운 물이 닿는다.

봄의 비읍

우리가 마신 커피의 이름은 봄의 비읍이었어 두 번째 잔은 여름의 이응이 되려나
나는 혼자 웃었고

여름은 아직 오지도 않았는데 장마가 카페 문을 열고 들어섰다
실례합니다,
낮게 울리는 장마의 목소리가
느리고 축축했지

붉은 벽돌이 골목의 풍경 같아

나 어렸을 땐 붉은 벽돌로 고추장을 만들었는데
단단한 돌로 벽돌을 살살 깨고는 물에 곱게 개서 풀에다 발라
김치도 만들고 찌개도 끓이고, 어디서든 구할 수 있는 게 저거라서

쓸모없는 오희는 찬란히 아름답지
풀물이 든 돌멩이 위 소꿉의 흔적은 황홀하고

검붉게 젖어드는 적벽돌로 우리는 짧은 끝말잇기를 했던가
적벽돌 돌무덤 덤불 불난리 리셋

우와 너 대단하다 내가 아는 리는 리어카랑 리본밖에 없는데
산기슭 슭곰발 다 아는 이런 것 밖에 없는데

몸만 자라난 아이들이 창가에서 키득대는 동안
산미가 좋다던 장마는 에티오피아산 드립커피를 천천히 마시
고
적벽돌은 뭘 안다고 같이 쿡쿡대고 웃었다

비는 그치지 않고
그치지 않아도 좋다고 또다시 웃고

비 맞는 게 이상하게 좋아서 장마가 오면 몇 날며칠을 비를
맞고 젖은 몸을 씻고 빈 방에 누워 천장을 봤다는 너의 애기
에 장마는 옆에서 흐뭇하게 들으며 맞아, 그랬지 너 그랬지
대꾸를 했지

오래전 빈방의 고요한 습도가 금방이라도 다시 찾아올 것처럼
손톱 밑 파아랗게 풀물이 들어버릴 것처럼

그렇게
여름도 아닌 오후가 지나가고 있었고

여름과 유년의 냄새

　살짝 땀이 밴 피부를 좋아한다. 배어 나오다 못해 셔츠 아래 흐르는 땀도, 그것을 쓸어내리는 축축한 손등도 좋아한다. 거기엔 여름의 냄새가 있다. 여름비와 작열하는 태양 사이에서 오가는 습하고 더운 공기가 있다. 그 감각의 언저리에는 결코 빼놓을 수 없는, 나라는 인간 저 끝 먼 구석에 숨겨 둔 유년이라는 시절이 있다. 숨겨도 자꾸만 몸을 드러내는 올챙이의 몸처럼 굴곡진 어린 시간이 있다.

　더운 지방에서 태어났다. 지금이야 더우면 수학 공식처럼 에어컨을 틀어대지만 내가 어렸을 때 우리 집엔 선풍기도 없었다. 가난만 있었다. 혼자 나와 동생을 먹여 살리느라 스타킹에 올이 나가는 것도 모르고 일하던 엄마에게도, 밥을 하겠다고 반 장난삼아 주인집 마당의 가지를 꺾어 볶아대던 열두 살의 나에게도, 그런 나를 졸졸 따르던 동생에게도 빌어먹을 가난만 꼬질꼬질한 태를 내며 찰싹 들어붙어 있었다. 가난은 어디에나 있었다. 달셋방 계약이 끝나 바로 옆집으로 살림을 옮길 때 끌던 리어카 안이나 살짝 올이 풀린 소매에도 가난은 뗄 수 없는 택처럼 달랑달랑 매달려 있었다. 아니, 자르려 해도 자를 수 없는 얇은 막의 포장지처럼 가난은 우리를 덧씌웠다. 무엇을 하든 어디를 가든 가난에게서 숨을 수는 없었다. 미국의 모병 포스터처럼 가난의 손가락은 언제나 날 가리키고 응시했다.

중학교 때쯤에야 집에 선풍기가 생겼다. 당시 엄마의 괴짜 남자 친구가 산속 절에 찾아가 '이 무더운 여름, 집에 선풍기조차 없는 가난한 가정이 있습니다.'하고 갈취하다시피 받아온 것이다. 파란 날개의 선풍기는 여전히 엄마의 집에서 쌩쌩 제 역할을 하고 있다.

여름을 좋아한다. 그러나 내가 좋아하는 것은 환희의 여름만이 아니다. 장마가 지난 뒤 흐르는 구정물 같은 것, 아니면 퀴퀴하게 부패한 음식 쓰레기의 냄새나 길가에 배를 드러내놓고 죽은 매미의 신체도 여름의 일부다. 나는 그들을 외면하지 않듯 나의 가난도 외면하지 않는다. 이 글은 그런 이야기다.

일주일 동안 고향에 다녀왔다. 기차에 내리자마자 훅, 하고 폐를 스치는 더운 온도에 웃음이 났다. 낯익으면서도 익숙해질 수 없는 공기다. 칠월 말 햇빛은 빛이라기보다 선에 가깝다. 날카로운 날로 살갗을 따갑게 하고 눈이 부시다 못해 멀게 하는 공기의 선 부림. 여름은 있는 힘껏 내 위로 쏟아져 내렸다. 작은 저항이라도 하듯 손바닥으로 작은 차양을 이마 위에 만들지만 여름을 막을 길이 없다. 목 등으로 땀이 흘렀다.

역에서 익숙한 번호의 버스를 타고 엄마의 집으로 향했다. 뜨겁고 시커먼 아스팔트 대신 나의 유년이 그려낸 지도 위를 달렸다. 기억에 여름의 냄새가 겹치자 가슴이 두근거렸다. 이내 창밖으로 눈을 돌려 거대한 아파트 단지로 바뀐 영화관 자리와 재개발에 실패해 철거되지 못한 슬레이트 지붕, 폐가의 모둠으로 남겨진 골목들을 보았다. 어린 나는 그때 비행기가 되어 저 모든 길 위를 날았다. 양손을 펼치고 유영하듯 공기를 가르고 내리막을 내달렸다. 가진 것 없지만 없는 만큼 자유로이 길 한복판을 깔깔거리며 잘도 잘도 날았었다.

엄마의 집에는 아직도 내 방이 있다. 그 집을 떠난 지 십 년이 되었건만 내 방은 아직 주인이 떠난 줄도 모르는 듯 예전 얼굴을 그대로 하고 있다. 책상과 낮은 의자, 먼지 쌓인 일기장과 책들. 시간을 이동한 듯 나만 커버렸다. 책 한 권을 꺼내 들고 바닥에 벌렁 눕는다. 엄마 남친이 남기고 간 선풍기는 털털거리며 돌아가고 머리맡에는 시원한 녹차가 놓여 있다. 이곳은 천국과 다름없다. 가난이 베푼 은혜가 있다면 작은 것에 기뻐하는 마음일 것이다. 책의 첫 장을 들춰본다.

「그들은 말했다. "넌 네가 사랑하는 그 사람 때문에 미친 거야."」

나는 대답했다. "미친 사람들만이 생의 맛을 알 수 있어."」

책의 주인공은 부모에게 버림받은 열네 살 소년 모모다. 책에는 창녀들과 버려진 아이들, 그들을 돌보는 다리를 저는 늙은 로자 아줌마, 죽음, 사랑, 그리고 가난이 나온다. 난 이 책을 모모와 비슷한 무렵에 읽었는데 읽자마자 단번에 이 책이다! 라고 선명하게 느꼈다. 나를 구원해 줄 책, 존재를 긍정해 줄 책, 조건 없이 사랑해도 될 증거가 되는 책, 그것은 바로 에밀 아자르의 『자기 앞의 생 La Vie devant soi』이었다.

책을 읽으면 그 책에서 가장 좋았던 대목을 일기장에 적어 둔다. 그때 쓰던 붉은 일기장이 용케도 책장에 있어 꺼내 찾으니 다름 아닌 하밀 할아버지와 모모의 대화. 사랑하기 때문에 함께 산다고 생각했던 로자 아줌마가 매월 돈을 받고 자신을 돌봤다는 사실에 충격받은 모모가 질문하는 장면이다. 그대로 옮겨보겠다.

「"할아버지, 사람이 사랑 없이 살 수 있어요?"
"그렇단다."
할아버지는 부끄러운 듯 고개를 숙였다.
갑자기 울음이 터져 나왔다.」

어린 나는 왜 이 부분을 적었을까 하고 바닥에 드러누운 어른의 나는 생각한다. 아마도 어린 나는 인간이 사랑 없이도 살 수 있는 건 엄연한 사실이라고 여겼을 것이다. 그러나 그것은 현명한 하밀 할아버지가 고개를 숙일 만큼 부끄러운 일이라고도 생각했을 것이다. 우리는 어떻게든 살 수 있다. 적확한 진실에서 고개를 돌릴 필요는 없다. 그러나 어차피 한 번 사는 생을 부끄럽지 않게, 자신과 타인을 기꺼이 사랑하면서도 우리는 살아갈 수 있다. 사랑 없이도 살 수 있지만 그렇지 않은 생을 선택하는 것. 부끄럽지 않은 생을 사는 것. 아마 이 책의 맨 마지막 문장이 '사랑해야 한다.'로 끝나는 것도 같은 이유일 것이다.

닳아서 반질거리는 교복 무릎처럼 내 유년은 조금 부끄러웠다. 가족을 버린 아버지도, 구멍 난 양말도, 잘 씻지 않아 기름진 머리도, 남자를 포기하지 않던 엄마도, 늘 주변을 맴돌던 가난도 부끄러웠다. 그래서 거짓말했다. 거짓도 반복하다 보면 진실인 척 믿게 된다. 나조차도 그렇게 된다. '나의 아버지는 폭력을 휘두르다 도망간 것이 아니라 잠시 일 때문에 지역을 떠났고 집엔 에어컨도 선풍기도 다 있다. 내게 부족한 것은 아무것도 없다.' 그런 류의 거짓말은 이 책을 한창 읽을 때까지도 맴돌았다. 내 생이 부끄럽고 더 나아질 것 없는, 거짓으로 싸매야만 하는 오물 같은 것으로 느껴질수록 더없는 거짓으로 나와 타인을 속였다. 아니 어쩌면 타인은 속지 않았을지 모르니 나만을 속인 건지도 몰랐다. 나를 미워한지도 몰랐다.

그러나 모모는 달랐다. 태생적 불행에 둘둘 말려서도 생을 긍정하고 제가 가진 모든 걸 잃고서도 끝까지 사랑해야 한다고 말했다. 처절하도록 빛나는 긍정이었다. 그즈음 온전히 이 책 때문은 아니지만 내 주변에서 조금씩 균열이 가기 시작했다. 엄마의 괴짜 남친이 철새처럼 우리 집에서 몇 계절을 나고부터일지도 모르겠다. 그는 엉뚱했다. 네 마음은 어디 있니? 가끔 마음이 널 이길 때가 있니? 누구도 내게 묻지 않던 낯선 질문들을 해댔다. 생에게 방치되었다고 믿었던 우리를 이곳저곳 데리고 다니며 작고 쓸데없는 것에 눈을 빛내기도 했다. 깃털 같은 구름, 길게 뻗은 숲길, 희게 터지는 포말. 스치고 사라진다고 소중하지 않은 건 아니라고, 작고 유약하다고 힘이 없는 건 아니라고, 너를 보라고, 너는 얼마나 강한 사람이냐고, 낯간지런 말을 잘도 해댔다.

말에는 씨앗 같은 힘이 있다. 씨앗이 움트고 가지를 틀었다. 어쩌면 난 정말 괜찮은 아이일지도 몰라, 작은 금으로 시작한 균열은 거짓들이 산산조각이 나고 나 혼자 덩그러니 남고서야 끝이 났다. 온전한 나였다. 선택할 수 없는 생의 조건보다 주어진 선택에 마음을 쓸 수 있는, 강한 나였다. 가난과 불행을 한 데로 싸잡은 나의 시선과 헤어지는데 그러니까 내가 나를 불쌍해하던 유년과 헤어지는데 뚜렷한 계기는 없다. 엄마와 그의 이별도 아니다. 그저 밀물처럼 서서히 밀려오는 말과 나무처럼 자란 자기 긍정, 아이처럼 뛰어다니고 탑을 쌓듯 책을 읽던 시간이 있었을 뿐이다. 기억하자. 모모는 마지막에 '사랑해야 한다'고 했다. 그 맨 시작은 나 자신이어야 할 것이다.

가난을 그냥 가난으로, 나를 그냥 나로 바라봤다. 나에겐 누구보다 씩씩하고 멋진 엄마가, 사랑스러운 동생이, 작은 것에 기뻐하는 마음이 있었다. 가난해서 불행한 것이 아니라 가난해도 행복할 수 있었다. 진심으로 그렇게 생각했다.

아마 그 시절이 더 이상 부끄럽지 않게 된 즈음 나는 더 이상 유년이 아니게 되었을 것이다. 헤어지는 동시에 성장했을 것이다. 혹시 아는지 모르겠다. 닳아서 반질거리는 교복 무릎은 빛에 반사되면 윤슬처럼 반짝거린다.

일주일이 지났고 여전히 여름이다. 이 글을 쓰는 책상 위에는 가방에 넣어온 '자기 앞의 생'이 놓여 있고 이 책에는 나의 유년의 냄새가 스며들어 있다. 남은 여름, 나는 다시 한번 천천히 나의 유년과 다시 조우하고 이별할 것이다. 대신 이번에는 진짜 에어컨 아래에서.

마땅히 그러한 사랑

하늘이 어두워지니 달이 더 빛난다는 당연한 사실에 전율한다. 마땅할 당 當에 그러할 연 然, 그 마땅히 그러한 것에. 8月이 미처 지나기 전, 내 내장 사이를 비집고 얇은 막에서 웅크리다 태어난 너를 사랑하는 것도 이처럼 당연한 일이었다. 누구에게도 준 적 없고 누구에게도 줄 수 없는 사랑을 너에게 주고 너에게 받는다는 것도.

사랑, 그 흔하디흔한 단어는 끝끝내 나의 것을 설명하지 못하고 그래도 사랑해, 차마 다른 언어를 찾지 못한 고백은 반복된다. 불쑥 여름의 늦은 비가 내리듯, 잘린 풀의 냄새가 길가에 퍼지듯, 새로 다린 빳빳한 셔츠를 탁-하고 펼치듯, 유년의 기억이 가득한 꿈을 꾸듯, 사랑해. 안녕이라는 생활의 인사처럼 무심결에 그저 사랑해.

엄마- 아이 특유의 높은 음성에 언제나 고개를 돌리고야 마는 나는 까만 밤 손빛으로 네 머리칼을 쓸어내리며 이대로 죽

어도 좋겠다, 나를 낳은 엄마에게 몹쓸 생각도 한다. 나는 아
윤이가 자라는 게 싫어, 그녀는 말했었다. 네 딸이 자라면 내
딸은 늙는 거야. 너는 나아가고 나는 멈춘다. 너는 자라고 나
는 늙는다. 또 당연한 걸 잊고 있었다. 나의 엄마는 딸의 늙
음을 서러워했다. 그녀에게 나 역시 어리고 푸른 꽃이었는데,
덜 익은 열매였는데. 내가 너를 생각하듯 그녀도 그렇게 나를
여겼는데. 나 역시 높은음으로 엄마- 엄마- 불렀을 텐데.
　어느새 나도 늙고 나의 젊은 엄마도 늙고 있다.

　나는 사랑이라는 말을 하고 말해진 사랑은 다른 색을 하고
다른 피부를 가진 채 너에게로 간다. 나의 사랑은 너의 사랑
과도 내 어머니의 사랑과도 다르지만 슬픈 일은 아니며 그 역
시 당연한 일임을, 지구가 태양을 등질수록 하늘이 어두워지
고 그만큼 달이 희게 빛나는 것처럼 마땅히 그러함을 나는 안
다. 너는 나아가고 나는 멈춘다. 너는 자라고 나는 늙는다. 괜
찮다. 빛나는 순간을 지켜보고 간직하면 그걸로도 충분하다.
다시없을 마땅히 그러한 사랑을 그녀와 너에게 주고받은 것
만으로도.

어쩔 수 없이 모두 잘 있답니다

　누가 울면 나도 운다. 이 울음은 감정 전이 이전에 발생하는 정전기 같은 현상으로 순식간에, 참을 새도 없이 일어난다. 버스 옆에 앉은 사람에게서, 버스 광고판에서, 유튜브 쇼츠에서, 걷고 있는 사람에게서. 아무 맥락도 없이 상대의 울음은 나에게 번진다. 그들과 나 사이엔 그 어떤 유대도 없고 내가 그들에게 해 줄 수 있는 것은 아무것도 없다. 순진하고 불완전한 마음의 증거일까, 가벼운 연민은 싫은데. 그만해. 이 울음은 너의 것이 아냐.

　나는 쉽게 우는 내가 부끄러웠다.

　엠티였던가, 다 같이 강원도 어디로 갔다. 아이들이나 할 것 같은 꼬리잡기를 다 큰 성인들이 우르르 몰려하다가 술을 마시는 며칠이 이어졌다. 둘째 날 아침인가 한낮인가, 누군가 배경음으로 틀어 놓은 티브이에서 특집방송을 했다. 2003년 대구에서 일어난 지하철 사고, 아니 방화 참사에 관한 기록물이었다.

화면은 먼저 어느 나이 든 여자의 인터뷰로 시작했다. 여자는 확인하고 싶다고, 자기 딸이 집에 돌아오지 않는데 혹시 지하철을 탔나 알아보고 싶다고, 만약 지하철을 탄 게 아니면 그냥 실종일 수도 있지 않냐는 식의 말을 했던 것 같다. 참사가 일어난 곳이 대중교통이라 신원을 확인하기 힘든 탓에 유가족들은 실종자의 타다 만 유류물로, 혹은 지하철에 타는 CCTV로 확인할 수밖에 없었다. 수백 명의 사람들이 가족의 행방을 불안해했다. 설마와 제발이 그들의 입안에서 달그락거렸다.

사고가 난 지하철의 CCTV를 뚫어지게 쳐다보던 여자가 두 손을 모았다. 아이제. 아이제. 이거 안 탔제. 어느샌가 나도 그녀처럼 바랐다. 맞아요. 아니에요. 아닐 거예요. 가슴이 미친 듯이 쿵쾅댈 즈음 어느새 여자의 시선과 손가락이 어느 한 점을 가리켰다. 느려지다 멈추던 시간이 여자의 울음으로 터졌다. 아니데이, 그거 타지 마래이. 제발 타지 마래이. ○○아, 제발, 제발, 그거 타지 마래이.

숨이 막혀 잠시 고개를 돌리다 간신히 티브이를 봤다. 여자는 여전히 폐쇄회로 녹화 화면 속 작게 움직이는 자신의 딸을 정신없이 손바닥으로 쓸고 있었다. ○○아, 아이고 내 새끼 ○○아. 저화질 흑백 화면 속 딸에게 그녀는 울며 빌었다. 타지 말라고, 제발 그거 타지 말라고. 그러면 정말 그녀의 딸이 말끔하게 발길을 돌려 집으로 돌아갈 수 있기라도 한 듯 여자는 있는 힘을 다해 오열했고 나도 비슷한 얼굴이 되어 갈 즈음 누군가 툭, 티브이를 껐다. 막 끓인 라면이 방으로 들어오던 참이었다.

192명의 사람이 죽었다. 김대한이라는 사람은 사회가 싫다던가 자기가 못났다던가 어쨌든 죽고 싶었다고 했다. 그래서 약수통에 휘발유를 넣어 지하철 바닥에 부어대고 불을 질렀다. 아무 상관 없는 사람들이 죽고 정작 죽고 싶다던 김대한은 탈출했다. 불이 번질까 봐 어느 기관사는 1호 칸의 문 몇 개만 열고 대피했고, 남은 사람들은 기다리라는 말을 그대로 믿고 그저 기다렸다고 했다. 119에 사람들의 구조 요청이 빗발쳤지만, 유독가스가 퍼지고 두 열차의 철골이 녹아내렸다. 사망자 192명, 실종 6명, 부상자 151명.

그리고 가족들이 남았다.

왜 그렇게까지 번졌을까. 우선 불을 지른 방화범, 아니 살인범은 둘째치고 초반에 열차 간 무선 연결이 잘되지 않았다. 불이 난 1079호보다 잘못된 소통으로 멈춰버린 1080호 열차에 불이 번져 더 심한 인명피해가 생겼다. 잠시 뒤 출발할 테니 조금 기다려주십시오, 기관사는 승객들에게 말하고 절전되자 자리를 떴다. 문 옆 의자 아래나 벽면에 있는 뚜껑을 열고 레버를 당기면 비상문이 열리지만, 사람들은 알지 못했고 기다리라고 하니 다만 기다렸을 것이다. 당시 열차는 의자부터 바닥까지 전부 불에 타는 가연재 소질이라 화마는 순식간에 옮겨붙었다. 그리고 지하철에서 벗어난 승객들도 일찍 내려온 방화셔터 때문에 대피소에서 갇혀 탈출하지 못했다.

일이 꼬였다는 단순한 말로는 설명할 수 없다. 우리는 냉정히 바라봐야 한다. 왜 그렇게 악화되었는지, 어떻게 하면 조금 더 인명피해를 줄일 수 있었는지. 우리는 의문을 가져야 한다.

어쩌다 이런 일이 생기고 움직이지 말고 가만히 있으라*는 말은 왜 자꾸만 반복되는 것인지.

2003년 2월 18일 화요일.

수능이 끝나고 방학에 졸업 시즌이라 많은 아이가 동성로에 모였다(10대 20대의 사망자는 82명으로 가장 많았다). 설에 받은 용돈으로 뭔갈 사려던지도, 개학 전 실컷 놀고 싶었던지도 모른다. 동성로는 높은 건물 사이의 좁은 골목마다 아이와 어른들의 학원과 유흥이 섞여 있는 번화한 곳이다. 대부분의 일이나 약속이 집결된.

그즈음 나는 늘 뭔가로 채워댔다. 50년대 영화로, 뻔한 노래로, 비슷한 또래 아이들로 내 시간을 꾹꾹 채웠다. 그날도 대낮부터 시내에 나가 하릴없이 쏘다니자고, 사지 않을 옷도 구경하고 사계절 제철인 과일 빙수도 먹자고 친구와 약속했던 날이었다. 내가 살던 동네엔 지하철이 없었다. 익숙한 버스를 타고 약속 장소에 가려는데 갑자기 버스가 다른 길로 방향을

틀었다. 어라. 버스의 번호와 경로를 확인하고 창밖을 기웃
거렸다. 기사는 사고가 있다고, 버스가 서게 될 정거장은 다
를 테지만 그리 멀지는 않을 거라고 했다. 전에도 그랬던 적
이 있었다. 대규모 시위가 있을 때였다. 이번에도 무슨 일이
생겼나, 대수롭지 않게 여기며 원래 내리던 곳의 반대편 정거
장에서 내렸다. 매캐하고 역한 냄새가 훅 끼치더니 멀지 않은
하늘에 시커먼 연기가 먹구름처럼 몰려들었다. 시내를 둘러
싼 거리가 모두 봉쇄되어 아이들은 찻길을 가로지르거나 뛰
어다니고 어른들은 도로 위를 걸었다. 무슨 일일까, 불이 났
나 봐. 가볍게 생각했다. 차로 가득하던 길을 걸을 수 있다는
게 다만 신기했을 뿐이다.

소방차가 소란했던가, 뉴스에 온통 도배되었던가, 기억이
잘 나지 않는다. 사망자 숫자가 점점 늘었고 누군가를 찾는다
는 사람들이 많아졌다. 용한 무당은 지하상가와 연결된 시커
멓게 그을린 하수채 구멍 틈으로 무수한 사람들의 시뻘건 손
이 보인다고 했다. 하염없이 지상으로 뻗어내는 붉고 시커먼
화염 같은 그림자들, 그저 바깥으로 나오고 싶어 하는 가여운
마음들, 무섭기보다 슬픈 그런 말들.
그 후 시커멓게 재로 뒤덮인 지하철 입구를 볼 때마다 우린
어깨를 움츠렸다. 기다리고 남은 사람들이 우리의 가족들이
었을 수도, 우리였을 수도 있다는 걸 우리는 알았다. 무차별
적이고 끝도 없는 증오와 폭력, 무책임의 대상이 우리가 되었

을 수도 있다는 걸, 우리는 너무 잘 알았다.

아직도 중앙로엔 녹아내린 공중전화 수화기가 있다. 아크릴로 가둬 둔 부분의 벽에는 시커먼 재가 남아있고 보고 싶구나, 너무 보고 싶구나, 사랑한다는 말들이 남겨져 있다. 말보다 한에 가까운 언어가 그어져 있다. 남겨진 사람들은 재앙의 조각을 그 자리에 두기로 했다. 기억하자고, 우리에게 어떤 일이 있었는지 절대 잊지 말자고. 타인의 고통을 우린 감히 이해할 수도 상상할 수도 없으니 다만 기억하는 것으로 애도하자고. 야만적인 구경꾼**으로 남지 않기 위해 제대로 남은 현실을 보고 그날을 인화해 두자고.

이어지는 이야기를 강제로 잘라 끝내버려서는 안 된다. 외면해서는, 그리고 반복되어서는 결코 안 된다.

20년이 지났지만 나는 아직도 대구에 갈 때마다 기억공간이라 불리는 그곳에 간다. 가서 아무것도 하지 않는다. 그저 또 부끄러운 눈물만 훔치다가 다시 발걸음을 옮긴다. 그것뿐이다.

독성학

그는 겨드랑이에 '독성학'이라는 책을 끼고 있다. 전형적인 전공 서적이 가진 크기와 두께, 글씨체지만 제목은 유독 낯설다. 독성학이라니. 연극학, 심리학, 수사학, 경제학, 건축학 같은 것들은 들어봤어도 독성학은 처음이다.

독성학이 뭐예요?

순전한 궁금증이었다. 고래 귀는 어떻게 생겼어요? 저어새는 어떻게 울어요? 알지 못하는 것에 대한 무지의 눈은 반짝인다. 단 한 번도 들어 본 적도 읽어본 적도 없는 '독성학'이라는 단어를 발음한다.

독. 성. 학.

뭔가 굉장히 독하고 모진 마음이 느껴지다가 어쩐지 헨젤과 그레텔의 새엄마가 생각난다. 애들을 그만 산속에 두고 와요. 계획은 실패한다. 그러나 시도는 반복된다. 버려요는 죽여요보다 가혹하지 않은가. 어휘를 순화한다고 그 속에 똬리를 튼 감정도 가벼워지고 둥글어질 것인가. 그 버리는 감정이, 어린 생명(인간이든 개든 고양이든)을 시커먼 숲에 사붓이 두고 오는 행동이 내겐 독성학의 발음이 풍기는 독기를 닮았다. 독. 성. 학. 매몰찬 첫음절의 'ㄱ' 받침이 무언의 예고를 하고 뒤 음절의 'ㅇ' 받침이 살살 달랜다. 괜찮아, 나 그렇게 나쁜 사람 아니야. 그리고 거침없는 마지막 받침 'ㄱ'이 매듭짓는다. 그런데 어쩌니 이젠 바이바이.

독성학이란 말이죠, 말 그대로 독성을 배우는 거예요. 하지만 여기서 우린 질문할 수 있죠. 독성이란 무엇인가.
아니 그런데 도대체 어느 과에서 그런 공부를 하지요?
생명과학부입니다.

나는 고개를 끄덕이고 그의 말은 이어진다.

독이라는 게 재밌어요. 모든 물질은 독이 될 수 있거든요. 이건 또 치사량과 연관이 있는데, 우리가 매일 먹고 마시는 필수불가결한 물도 독이 될 수 있다는 거예요. 만약 누군가 한 번에 1t의 물을 마신다고 치죠. 그러면 그 사람에게 물은 독이에요. 생명에 위협이 되죠. 하지만 반대로 독이 약이 되는 경우도 있어요. 양과 희석의 정도에 따라서요.

그가 해석한 독성학에 나는 감탄했다. 세상에는 물마저도 독이라 인식하는 영역이 있다. 어떤 물질도 독이 될 수 있다는 생각으로 뻗어나가는 학문이 있다. 여전히 알지 못하고 조금도 추측할 수 없는 세계는 우주의 행성만큼이나 많다.

불현듯 독에 대한 나름의 단상이 떠올랐다. 감정의 독인 '질투'나 '미움'에 대한 것이었다. 때때로 적당한 질투는 나를 일으키고 시기적절한 미움은 나를 돌아보게 했다. 질투도 미움도 대체 불가의 힘이었다. 물론 그런 몇몇 감정들은 에너지의 파장이 커서 주체하기 힘들다는 단점이 있지만 이미 불거진 심상은 스스로 닫힐 줄 모르니 그 파동에 서핑하듯 실릴 수밖에 나는 없다. 몸을 낮추고 나를 삼킬 파도를 경계하며 흐름에 몸을 맡기고서 뭐, 왜 어쩌라고 하는 갸륵한 마음으로 휘몰아치는 감정이 지나가도록 인정하는 수밖에.

그런데 나는 왜 헨젤과 그레텔에서 마녀가 아닌 새엄마가 더 독성학과 어울린다고 생각했을까. 대답은 간단하다. 마녀는 천진난만하게 잔인하다. 살찌워 너를 잡아먹을 거야. 새 앞의 고양이처럼 등등하다. 대놓고 터트린 공포는 아이들을 계획하게 하고 결국 무쇠솥에 떠밀리게 한다. 그러나 새엄마는 다르다. 뒤에서 아빠를 조종하고 무력하게 방치한다. 더러운 피는 보지 않겠다는 듯 깨끗한 손으로 서서히 상대를 진흙에 가라앉게 하고 눈앞을 묶는다. 너의 캄캄한 지금을 보렴, 상냥하게 아이들을 저주한다.

마녀가 칼이라면 새엄마는 독이다.

그렇다. 세상에는 독성학을 배우는 사람도 있다. 그는 떠나기 전, 정 궁금하면 책을 펼쳐 알려주겠다고 했고 나는 진심으로 사양했다. 어느 전공책이든 그리 신나고 재밌을 리는 없다. 독화살개구리의 독이 치사에 이르게 하는 확률만큼 신속하고 빠르게 나는 답했다.

아니요, 바이바이.

죽은 몸을 본 적이 있다

죽은 몸을 본 적이 있다. 푸른색에 가까운 회빛 피부, 부어 있는 살결, 냄새, 무엇보다 코를 찌르는 포르말린 냄새, 젖어 있는 머리칼, 물의 느낌-그것도 아주 차가운. 기억은 잘 나지 않지만 단편적인 감각의 조각들은 내게 남아 있다. 은빛의 철제 침대에 가지런히 누운 (일부는 흰 시트에 가리어진) 몸 앞에서 흰 가운을 입은 사람은 말했고 사람들은 웃었다. 흰 가운을 입은 사람이 메스를 들었다. 몸이 천천히 벌어지고 사람들은 눈을 반짝였다. 여기 보이시죠? 우리가 먹고 마시는 게 다 이쪽으로 밀려들어 갑니다. 이 작은 데로 그렇게나 많은 것들이 들어가니 힘들지 않겠어요? 그러니까 적당히 먹어야 해요. 적당히. 그런 얘기를 우습게 했던 것도 같다. 철제 침대 주위로 자꾸만 사람들이 둘러섰다. 소독약류의 냄새가 지독했지만, 사람들은 떠날 기미가 없었다. 해부는 축제의 하이라이트였다. 제대로 보지도 못하면서 나는 돌멩이처럼 거기에 서 있었다. 사람들이 밀면 미는 대로 밀리면서 오로지 피부만, 붓고 퍼런 피부와 어두운 혈관만을 바라봤다. 긴 머리와 젖. 몸은 여자의 것이었다. 이 사람은 자기가 이렇게 누울 줄, 사람들 앞에서 벌어질 줄 알았을까. 죽고 나서의 일을 누가 알 수 있을까만은 적어도 무엇을 원하지 않을 권리는 있어야 하지 않을까. 물론 이것은 나중의 생각이다. 그때는 온 힘을 다해 서 있기만 할 뿐 아무 생각도 하지 않았다. 할 수 없었다. 납빛의 몸이 뿜어대는 권위와 압도는 대단해서 모든 시선과 생각을 가두어버린다. 몸, 오로지 몸. 그 자체에만 강렬히 집중하게 한다. 차가울까. 문득 저 살결을 만지고 싶다는 충동이 일었다. 우리는 모두 누워 벌어진 몸 바로 앞에 있었다. 손만 뻗으면 그 몸의 어디라도 닿을 수 있는 거리였다. 수많은 시선이 쓰다듬는 죽은 몸과 몇 센티미터의 거리에서 우리는 서 있었다.

꾸욱.

나는 몸의 어딘가를 찌르듯 만졌다. 그리고 뒤돌아서 도망쳤다. 도망치고 도망쳐도 주위엔 온통 죽은 몸들이 있었다. 뒤를 돌아 떠난 자리를 봤다. 나의 공백은 이미 다른 관객으로 채워졌다. 메스를 든 사람은 계속 이야기를 이어갔고 사람들은 웃어댔다. 이상한 세계였다.

열두 살 혹은 열다섯이었다. 아마 열다섯이었을 것이다. 친구 몇 명과 각자의 동생 몇 명을 데리고 집 근처 대학 축제를 찾았다. 솜사탕과 연극, 먹을거리 같은 것들을 상상했지만 활짝 열린 건물 일 층엔 크고 작은 포르말린 병들이 진열되어 있었다. 우린 놀라 당황했지만 의대니까 그런가 보다고 센 척하며 주위를 돌아다녔다. 기형아에서 임신부, 어떤 몸, 저떤 몸, 손가락에 꼽을 수도 없이 많은 몸과 부분들이 병 안에서 눕거나 서 있었다. 진짜 사람일까. 에이, 아니겠지. 진짜 같은데. 아무도 우리를 제지하는 이들이 없었다. 당연했다. 그곳은 축제였다. 다들 신기한 듯 눈을 번득이며 돌려댔고 우리는 장난을 섞어 키들댔다. 두려움과 공포, 엄숙함이 찾아올라치면 아니야, 가짜야 하고 우린 말하곤 했다. 설마 죽음을 이렇게 가볍게 전시할 리가 없잖아.

글을 쓰다 보니 이날의 삼십 분도 채 안 되던 시간이 나에게 어떤 것으로 남은 게 아닐까 하는 생각이 들었다. 어떤 감각, 어떤 의식, 어떤 의미, 어떤 경계 같은 것들을 만들어 낸 게 아닐까 하고 말이다. 어떤 상황에서 문장으로 생각으로 발현되는 무언가로 남은 게 아닐까 하고. 예를 들면 이렇게.

대학 시절 첫 일본어 수업이었다. 히라가나와 기초 문법을 배우던 수업이었는데 그날은 기본 동사인 いる(이루)와 ある

---

* いる(이루)와 ある(아루)는 모두 '있다'는 기본 뜻을 가지고 있다

(あ る)*를 배우는 날이었다. 선생님은 말했다. 사람이나 동물 같은 생명체에는 いる를 쓰고 움직이지 않는 물체나 사물에는 ある를 씁니다. 나는 손을 들어 물었다. 그러면 사람이 죽어 시체가 되면 いる를 쓰나요, ある를 쓰나요. 아마 이런 질문을 한 사람이 처음인 모양이다. 다음 시간에 알려주겠다고 선생님은 친절히 대답했다. 그리고 다음 시간, 사람이 죽으면 ある를 쓴다고, 의지를 갖고 움직일 수 없으니 ある를 써야 한다는 대답이 돌아왔다. 그 말을 하던 그녀의 표정은 어쩐지 조금 씁쓸했는데, 사람이 죽으면 의지를 잃어 사물의 단계로 진입해 버리는 문법의 잔혹성 때문인지 아니면 학생의 질문에 바로 대답을 못 해서인지는 그때도 지금도 잘 모르겠다. 그저 어린 시절 본 그 몸은 ある를 써야겠구나, 나 역시 씁쓸하게 생각했을 뿐이다.

열다섯의 그날은 봄이나 가을, 나무에 새어든 잔 햇살이 빛났고 하늘이 파랬다. 우리는 이내 근육, 핏줄, 뼈, 인체의 부분들이 전시된 건물 바깥으로, 죽음의 냄새가 나지 않는 바깥으로 내달렸다. 다시 우리의 주위로 생이 펄떡대며 요동쳤고 이내 익숙한 배경에 안도했다. 지금 생각해 보면 그때 우리는 죽음의 구경꾼인 줄로만 알았다. 겁도 없이 죽음을 구경하는 사람들이라고 말이다. 하지만 지금은 헷갈린다. 우리가 구경한 건 죽음이었을까. 애초에 의지와 생명이 빠져나간 ある의 상태가 죽음이라고 할 수 있을까. 우리는 그저 생이 소멸

한 잔해를 허락도 없이 훔쳐보기만 했던 거 아닐까. 이제 나는 그때가 그저 부끄럽다.

　아마도 그래서일까. 그날 누군가는 입을 막고 밖으로 튀어나갔던 것도 같다.

그렇게 살아

산책 겸이라며 한낮의 두 시간을 걸어온 그녀가 말한다.

난 있지. 이렇게 생각해. 모든 건 구성요소의 하나일 뿐이라고 말이야. 사람도 일도 그냥 제자리에서 생을 구성하는 요소인 거야. 좋고 나쁨 없이 연극이나 영화의 하나의 사건, 인물, 소품처럼 제자리에 있는.

그녀의 말간 눈에는 조금의 의심도 불안도 섞여 있지 않다. 나는 묻는다.

그 자리에 있어야 할 것들이라 여기는 거야?
아니, 있어야 할 것도 아니야. 그저 있는 거지.

있어야 할 것도 아닌 그저 있는 것. 내 앞에 놓인 물 잔에 사선으로 그어진 햇빛, 등 뒤의 온기, 밤을 줍다 까맣게 그을린 그녀의 손, 알밤 두 개, 그녀의 빛나는 눈, 의자 당기는 소리와 옆자리 사람들의 말소리, 마시다 만 커피. 이건 지금 우리의 구성 요소가 되는 걸까를 생각하다 나의 것을 꺼낸다. 말하자면 마음을 놓게 하는 것, 마음을 잠재우는 것.

음, 비슷한 맥락일지 모르지만 난 모두 지나고 봐야 안다고 생각하면서 살아. 기쁜 일도 슬픈 일도 모두 지나고 봐야 알 수 있는 거라고 말이야. 그렇게 생각하면 당장 기쁜 일도 그렇게 기쁘지 않고 밀어닥친 슬픈 일도 그렇게 슬프지 않게 돼. 지나야 아니까. 이 일이 어떻게 흐를지 지나고 봐야 아니까.

그렇지. 그렇게 생각하면 기쁨과 슬픔의 파고가 점점 잦아들지. (웃으며) 물론 또 모를 일이지만.

(같이 웃으며) 역시 모를 일이지.

수많은 마음은 그 끝에 저마다 다른 생의 태도를 가진다. 모두 다르지만 또 어느 한 편으로 닮아 있기도 하다. 일주일 전 또 다른 그녀의 말이 떠오른다.

온다고 미리 얘기하지 마. 그럼, 우리가 기대하잖아. 그러다 무슨 일이 생겨 못 오게 되면 우린 실망할 테니 그냥 올 수 있을 때 와. 그럼 그 깜짝 놀람에 우린 순수하게 즐거울 거야. 우리 기대하지 말고 살자, 주지도 말고. 우리 그렇게 살아.

기대하지 않는 삶, 가벼운 인지가 이어지는 삶, 관람하듯 지켜보는 삶.

그리하여 흰 포말을 몰고 오는 격랑보다 가벼운 물살이 살짝 발가락에 닿는 정도의 일렁임에 가까운 물을 닮은 삶. 이건 여자 셋이 습득한 삶의 태도일까 기술일까 따위를 생각하다가, 그렇다면 그 배경에 삶은 모를 것이라는 전제가 깔려 있겠다고 생각한다. 그럼 그럼, 물론 모를 일이지, 역시 모를 일이야.

바깥 아이

바깥이 나를 키웠다. 쏘다니는 길거리의 네온사인과 회벽, 이름 모를 풀들, 모르는 사람들이 나를 키웠다. 가족은 내게 무심했고 바깥은 방황하는 십 대 여자에게 관심이 많았다. 값싼 일회성의 관심이든 어떻게 해보려는 수작이든 상관없었다. 싫으면 뒤돌아서면 그만이었고 세상에 그보다 쉬운 건 없어 보였다. 환심을 사고 여지를 남기는 것. 유쾌한 사람의 흉내를 내는 것. 아무것도 모르는 척 혹은 다 아는 척 연기하는 것. 그저 슬쩍 건네는 웃음이면, 넘어질 때 내미는 손이면, 오늘을 잊게 하는 무언가라면 그저 환영이었다. 버려지고 방구석을 뒹굴어대는 생에 충실할 이유가 내겐 없다. 적어도 그땐 그렇게 생각했다.

바깥에는 그런 애들 천지였다. 엄마가 없거나 아빠가 없거나 그들에게 맞거나 하는 그런 애들. 싸구려 관심을 애정이라 착각하려 하는, 진짜 애정이 뭔지 잘 알지 못하는 그런 애들, 나 같은 애들. 그런 애들이 모여서 할 수 있는 거라곤 아무것도 없는 공터에서 가만히 앉아 있거나 서로를 좋아하거나 미워하거나 하는 정도였다. 자신도 잘 알지 못하는 감정과 타인이 모르는 사정을 붙들고 별것 없는 바깥을 더 열심히 쏘다니는 것 외에는 알지 못했다. 비슷한 냄새가 나는 무리에 섞여 자신을 숨기고 순간을 사는 것밖에는.

우린 한없이 어렸고 바깥은 빛났다. 누가 바닥에 떨어지기 직전의 잎을 잡으면 시험을 백 점 맞는다고 했다. 시험 기간 내내 몇몇의 열다섯 살 아이들은 나무 아래 낙엽에 손을 뻗었다. 늦은 밤, 그네에서 발을 구르며 목이 아프도록 노래를 불렀다. 버스 종점에서 종점까지 두 번을 왕복했다. 여자애들 열 명이 인생 처음 바다를 찾아갔다. 친구가 담배 피우는 모습을 바라보았다. 연기가 길게 뻗어가다 흩어졌다. 좋아하는 아이가 떠난 버스 정류장 자리에 오래 앉았다. 가위바위보에서 진 아이가 입시 학원 문을 열고 파로마! 크게 외치고 도망갔다. 나머지는 키득거렸다. 이름이 뭐야, 모르는 아이가 고백했다. 한 번에 빙수를 세 번이나 연속으로 먹었다. 외상으로 먹은 핫도그 값을 내지 않았다.

우리는 여전히 어렸고 바깥은 무해했다.

며칠 전 뉴스를 봤다. 디스코팡팡이라는 새로운 어린 바깥과 그곳을 더럽히는 어른에 대한 기사였다. 내가 십 대일 때도 보통 어린 남녀가 모이고 음악 소리가 큰 곳에서는 좀 잘

나가는 남자의 리드가 있고 여자의 동경이 있었다. 잘나가는 애들은 턱을 들고, 따르는 애들은 시시덕거렸다. 어른들은 어린것들이! 라고 얘기했지만 어린 그들은 당당했고 부끄럽지 않았다. 바깥out은 안in에서 지친 자신을 위로하는 곳이었다.

뉴스를 보며 어쩌다 이렇게 됐을까를 생각했다. 아마 어린 그들은 잃을 것이 없다고 여겼을지 모른다. 언젠가의 나처럼 자신을 표현하는 방법은 순간의 감정을 따르는 것이라 여겼을지도, 혹은 단순히 어딘가에 숨거나 속하고 싶었을지도. 호르몬은 터질 듯 분출하는데 외로움을 견디기에는 여리고 고독을 감당하기에는 어렸을지도 모른다. 나는 여기서 다시 생각한다. 그런데 어쩌다 바깥이 이렇게나 무서운 곳이 되었을까.

바깥이 기른 사람으로서 나는 바깥을 옹호한다. 모든 아이는 어른이 되고, 잃을 것 없는 사람은 없다. 그걸 알면서도 그것을 제 맘대로 이용하고 갈취하는 어른에게 화가 났다. 또 그걸 선동하고 따르는 아이에게도 화가 났다. 물론 내가 어렸을 때도 바깥은 무서웠는지 모르겠다. 다행히 나의 바깥에만 어떤 호위가 있었는지도 모른다. 그러면 바랄 뿐이다. 나는 그저 바라고 바랄 뿐이다. 모든 바깥 아이에게 다정한 호위가 있기를, 그들의 휘청이는 마음에 불안정한 표정에 외로운 마음에 빛이 들기를. 또 무섭게 바란다. 그들을 괴롭히는 바깥 사람들에게 엄벌이 송곳처럼 쏟아지기를, 자신의 유년을 결코 잊지 말기를. 그리고 나 역시 누군가의 호위의 빛이 될 수 있기를.

아아, 그보다 더 먼저 바란다.

그들이 바깥에 나오지 않아도 충분히 안에서 위로받기를, 진심 같은 거 유치하지만 진심으로 바란다.

0시간 0분 3,600초

 한 시간은 얼마큼의 시간이야? 하고 아이가 물었다. 1초 2초, 손가락을 꼽으며 초를 세는 아이에게 한 시간은 3600번의 손꼽음이라 얘기할까. 그러면 여섯 살 아이는 3600이라는 거대한 은하계 같은 숫자를 이해하고 그 시간의 길이를 제 키만큼이라도 가늠할 수 있을까.
 1시간 0분 0초, 0시간 60분 0초, 0시간 0분 3,600초.

 연속체의 시간을 분절해 칸을 나누고 시간표를 짜는 인간이 결국 끝에 가서 하는 말이란 시간은 예측할 수 없이 빨라 저도 모르게 흐르더라가 되고 저녁쯤이면 벌겋게 붓고 충혈되던 엄마의 눈은 익숙한 나의 것이 되고 아직은 이라는 미약한 기대가 이제는 이라는 포기가 되기는 너무나 쉽고. 늙음을 우스워하던 젊음이 조금씩 나를 우스워하고. 너도 크면 알 거라던 어른의 말은 악몽처럼 실현되어 알고 싶지 않은 감정과 현실을 들추고야 마는. 시간의 모둠, 그 커다란 케이크 가운데 한 시간. 어떻게. 어떻게 하면 이런 시간을 설명할 수 있어.

보이지 않는 것을 이야기하는 방법은 뭐야. 밀물을 잘 모르는 사람이 밀물을 보지 못한 사람에게 물의 거대한 움직임과 속도를 말하는 방법은.

수업 45분 동안 내내 초침을 바라본 적이 있다고 얘기했던가. 궁금했거든. 맨눈으로 지켜본 대략의 한 시간은 어떻게 흐를까 하고. 얼마나의 감각이 지나야 끝날까 싶기도, 출렁대는 시간이 지겹기도 했고. 몇 번이나 포기할 뻔했던지. 45분은 2,700초잖아. 선 하나가 몇 밀리미터씩 가는 걸 2700번이나 지켜봐야 한다고. 일초 이초 삼초 사초 오초. 의미 없는 움직임은 계속 원을 갈망하며 이어지고. 발이 빠지는 모래에서 겨우 발을 빼도 다시 빠지는 것처럼 하염없이, 그저 하염없이 그 동작만 반복돼. 수업을 마치는 종이 울리고도 초침은 틱틱, 자꾸만 움직였지. 야, 너도 참 독하다 생각하면서 손뼉을 쳤어. 뭐든 허투루 하지마래이. 팔십이 되어서도 일을 손에 놓지 않으시던 할머니의 말이 들린 것도 같고.

아이에게 하는 대답은 뻔하지. 한 시간, 그러니까 한 시간은. 놀이터에서 놀 때는 순간처럼 빠르고 네가 방 정리를 하는 동안은 한참이나 긴 시간이야. 뭘 하냐 누구와 있냐에 따라 다른. 아이는 대답이 없더니 이삼 분 뒤 다시 묻는다. 오분 전에도 했던 질문.

그래서 다 왔어? 얼마큼 더 가야 해?

뭘 얘기해 줄 수 있을까. 사람의 시간은 모두 다른 모양과 속도를 가졌다는 뻔한 사실. 그래서 저마다의 단위는 다르고 그 시간에 행해지는 일도, 기분도 음식도 다를 것이라는. 어차피 시간도 공평하지 않다는 사실? 아니. 아마 그것보다는 더 진짜의 것. 시계의 초침과 계절의 반복처럼 말의 반복(반복이 키워낸 수많은 것들을 봐). 뭘 하냐 누구와 있냐에 따라 다른 게 시간이지. 같은 시간이라도 기분에 따라 전혀 다른. 그러니까 한 시간은. 간신히 몸 끝만을 움직이며 안전띠에 매여 답답할 수도, 창밖에 지나가는 사물과 풍경에 기쁠 수도, 온갖 공상에 흥미진진할 수도, 잠깐 눈을 붙이고 쉴 수도, 하고 싶던 말을 조금씩 누군가에게 털어낼 수도 있는 시간. 모두 다 네 안에 있다니까. 시간도 무엇도.

그래서, 우리는 다 왔어? 아이는 같은 말을 반복하고 나는 지도를 보며 저 말을 열 번 정도 더 들으면 도착하겠구나 생각하다가 불현듯 거실에 있는 시계에는 초침이 없었다는 걸 떠올렸던가. 뭐든 허투루 하지 마래이. 여섯 해 전에 돌아가신 할머니의 말이 또 떠오르고. 초록은 점점 짙어져만 가고.

오 나의 얕고 깊은 구덩이

나의 몸 주위에는 무수히 깊고 얕은 구덩이가 있다. 웅크린 고양이의 형태로, 한때 사랑하던 이의 몸 둘레로, 아끼던 연필과 스웨터 자국 그대로, 그것은 나의 손끝과 책상 위 선반, 침대 모서리, 손등 옆. 어디든 있다. 미간을 찡그리지 않으면 보이지 않지만 아니 미간을 찡그려도 보이지 않을 때도 있지만, 알잖아요, 보이지 않는다고 없는 건 아니에요.

Q와 얘기한 적이 있다. 우리의 몸통 어딘가에는 커다랗고 시커먼 구멍이 있는 것 같다고. 그 구멍이 우리를 번번이 타인에게 매달리게 하고 무릎 꿇게 하고, 그렇게 스스로를 작게 만든다고. 태생적 외로움일지 후천적 결핍일지 둘 다의 콜라보일지. 하지만 우리는 그 구멍을 영원히 메울 수 없을 거라고. 메울 수 없으니 그래 안녕, 인사하고 잘 잤니, 안부를 물으며 사이좋게 살아야겠다고. 서른둘 혹은 셋 팔월의 여름.

외로움이 구멍이라면 허전함은 구덩이가 아닐까.

깊어진 허전함이 외로움이 되는 건.

아꼈으나 사라져 버린 것들에 대한 마음은 자기 크기만 한 구덩이를 인간의 몸 근처 어딘가에 만든다. 자신의 형태를 본 뜬, 흡사 그림자를 닮기도 한. 가끔 떠오르는 내 곁의 엷은 그림자들. 그런 생각이 이틀 전 새벽 나를 깨웠다. 아직 밤의 사위가 물러나지 않은 새벽.

나는 구덩이야. 네가 만들어낸 무수한 구덩이들, 너의 가끔의 그리움들이지.

그리고 문득 떠올렸다. 그 팔월의 여름, Q와 내가 각자의 몸에 뚫린 커다랗고 시커먼 구멍을 인정하고부터는 더 이상 타인에게 매달리지 않게 되었다는 것을. 우리 안을 어둡게 하던 무시무시한 것들은 사실 순하고 여린 것들이라 그저 안녕, 하는 인사만으로도 보드랍게 무너져 내린 지도 모르겠다는 것을. 그리고 다시 태어난 작고 큰 구덩이들.
새벽 내내 구덩이를 쓰다듬고 또 쓰다듬던 시간들.

사랑은 가난하고 어린 연인을 끌어당기어

가난할 때 만난 연인이 있다. 젊은 우린 자주 배가 고팠고 몸 안 어딘가가 열정으로 들끓었지만, 가난한 연인은 어딜 쉽게 갈 수도 먹을 수도 잘 수도 없었다. 우리의 시간을 채운 건 적당한 한 끼와 하루 커피 한잔, 빛에 따라 얼굴을 바꾸는 거리, 미묘하게 다른 날씨, 부서지고 새로 지어지는 건물들 앞 벤치, 버스 안, 전화 너머 목소리, 그리고 그사이를 채우는 수많은 걸음이었다. 생각해 보면 늘 그랬다. 나의 시간을 채운 건 무수한 길과 차고 넘치는 걸음들이었다. 산책이라 부를 수 없는, 방황을 기본으로 한 끝없는 걸음들.

사랑은 그들을 끌어당겨 놓지 않았다. 그렇다. 난 그들이라 적었다. 지금의 내게 그 둘은 먼 타인처럼 느껴진다. 들뜬 열정과 부끄러움, 설렘, 모노 빛이다 못해 캄캄한 현실, 몸에 대한 갈망, 치장, 그 모든 것들이 마치 아주 먼 타인의 것처럼 낯설다.

그들은 가끔 만났다. 가끔 만나 보통의 연인들이 하는 것들을 흉내 내거나 탐하고 대부분의 시간은 서로를 그리워했다. 그리워만 했다. 그래서 그들에게 깊거나 얕은 대화는 늘 부족한 것으로 상대가 어떻게 생각하는지, 왜 그런 선택을 하는지 그들은 알 수 없었다. 그저 먼 자리에서 그리워하며 추측할 뿐. 의문을 가진 채, 이유도 모른 채 사랑이라는 이름으로 침묵할 뿐이었다. 사랑이 지속되기 위해서는 껍데기를 까내어 속을 드러내기도 해야 한다는 것을 어린 연인은 몰랐다. 아니 알면서도 겁이 났다.

가난한 연인은 차비를 쓰면 밥값이 걱정되었다. 선택의 기준은 취향보다 가격표로 되도록 싼 것, 싸지만 괜찮은 것을 골랐다. 취향이라는 게 그렇다. 무언가를 좋아하는 것은 비용이 들고 무엇을 좋아하는지 알기까지도 비용이 든다. 숨 막힐 정도로 큰 폭의 캔버스에 담긴 모네의 수련이나 바닐라 아이스크림 위에 얹는 유기농 오일, 시향의 오케스트라 연주는 직접 마주하지 않으면 알 수 없고 알기 위해서는 적지 않은 여유가 필요하다. 거대한 스펙트럼에서 자신의 것을 고르는 선택과 여유. 그것은 시간 외에는 가진 게 없는, 시간마저도 돈을 위해 전부 쓰는 젊고 가난한 연인에게는 가질 수도 맡을 수도 볼 수도 없는 것이다. 그러니 어떤 의미로 어린 우리가 그저 유행을 따랐던 건, 따를 수밖에 없었던 건, 가난했기 때문인지도 모르겠다.

헤어지고 그를 만난 적이 있다. 더 이상 어리지 않은 우린 여러 면에서 더 여유로웠다. 솔직하게 그 시간을 복기하고 결여를 이야기하고 그때는 감히 먹지도 못할 참치회 같은 음식을 먹었다. 다른 점이라면 더 이상 연인이 아니라는 점뿐이었다. 그는 말했다. 왜 그때보다 지금이 더 편할까요. 그러더니 혼자 답했다. 그때 우린 너무 가난했지요. 너무 어렸지요.

지금의 나는 신맛의 커피와 책과 미술관을 좋아하고 여러 형태의 가방과 안경을 산다. 유행에 맞는 옷보다 내 몸의 형태에 잘 어울리는 디자인을 아낀다. 폴 스트랜드의 다큐멘터리 사진을 좋아한다. 걷는 것은 여전하지만 방황이 아닌 산책에 가까운 걸음을 한다. 취향 있는 사람이라는 얘기를 듣는다. 이제 나는 나를 안다. 적어도 부분의 나를 안다. 그리고 또한 안다. 이 모든 취향은 내가 지나온 모든 경험과 시간의 집적이다. 방황과 무수한 시선, 몸에 두른 유행의 변화, 걸어다니며 만난 만남과 색, 형태, 그 모든 것들이 골라진 것이다. 그리고 그것에는 상당한 시간과 품, 실패와 돈이 들었다.

가난도 어찌할 수 없는 치기 어린 젊은 연인. 아직도 그런 사람들이 있을까 생각하다 에르노의 문장이 떠올리며 혼자 웃었다.

「자신이 어떤 말들을 이제는 사용하지 않으면 그 말들이 사라졌다고, 자신이 먹고살 만하면 가난이 이제는 존재하지 않는다고 믿기*」

  있을 것이다. 분명 여전히 나의 바깥엔 젊고 가난한 연인이, 서로의 곁을 훔쳐보고 무연히 공터에 앉았다가 일어서서 걷곤 하는 미숙한 연인이 있을 것이다. 그들은 사라지지 않는다. 그들은 당신의 테이블 옆자리에서 기차역 혼잡한 인파 속에서 SNS 메신저 속에서 후미진 영화관 뒷좌석에서 지하철에 미어 드는 사람들 속에서 섞여 있을 것이다. 서로의 손을 잡고 등을 쓰다듬고 어깨를 기대고 입을 맞추며 쑥스러워할 것이다. 그들은 역사 속에서 있었고 지금도 그리고 나와 당신이 죽고만 미래에도 있을 것이다.

  젊음과 사랑이라는 단어는 딱히 가난과는 관계가 없다. 내 경우엔 그랬지만 그렇지 않은 경우의 수도 많을 것이다. 그러나 생각한다. 가난하나 젊은 그들. 가난하나 사랑하는 그들. 그들은 그걸로도 얼마나 충분하고 아름다운가를. 나는 그들이 자신을 알기 위해 내딛는 벌거벗은 발바닥을 추앙한다. 결여는 그들을 단단하게 할 것이다. 맨몸과 맨 마음으로 서로를 덮고 받치고 껴안을 이유가 될 것이다.

***

*   아니 에르노, 『바깥 일기』, 열린책들, 2023

그들, 이미 나에게서 떠나갔으나 세상을 가득 채울 그들. 나는 언제고 그들을 격려하고 응원할 것이고 그들의 찬란한 방황의 걸음과 가난한 젊음을 속절없이 부러워할 것이다.

잠들기 전에

딸, 엄마가 너를 소중히 여기는 거 알지.

응.

아빠도 너를 소중히 여기고.

(아이는 작게 고개를 끄덕인다. 이불의 소리와 움직임으로 알 수 있다)

그러니 너도 너를 소중히 여겨야 해. 누구보다 너를 귀하게 여겨야 해.

잠들기 전 이불에 파묻혀 꼬물거리던 아이가 말끄러미 베개에 얼굴을 베고 나를 본다. 사위가 어둡지만 나는 안다. 희고 둥근 얼굴과 작게 발름거리는 콧구멍, 붉은 입술의 아이는 나를 본다. 분명 볼 것이다.

엄마. 원래 자기는 자기를 소중히 여겨야 하는 거야.

아이의 말에 나는 조용히 놀란다. 벌써 아는구나. 나는 한

참이나 돌아 이제야 알게 된 것을 이 작은 아이는, 사 년의 시간을 살고도 아는구나. 다행이다, 정말 다행이야. 그리고 속으로, 속으로만 생각한다.

딸, 엄마는 엄마를 미워하던 시간이 있었어. 오랫동안 미워하고 괴롭히던 시간이 있었어. 자신을 할퀴고 벼랑에 세우고 내가 나를 밀어트리던 시간이, 좁은 옷장에 스스로를 가두던 시간이, 네 주제에 하고 비웃던 시간이. 내가 나를 견디지 못한 시간이. 그런데 있지. 네 말이 맞아. 자기는 자기를 소중히 여겨야 해. 누가 뭐래도 자기를 그대로 인정하고 쓰다듬어 주고, 잘한다 잘한다 응원하고 넘어지면 무릎을 털고 일어나 약도 바르고. 그렇게 내가 나를 제대로 아껴줘야 해. 그리고 혹시 살다가 그걸 잠시 잊을 때가 오면 소중히 여기던 구슬 같은 마음을 다시 꺼내서 깨끗한 수건으로 닦고 닦는 거야. 참, 나는 소중한 사람이지. 귀한 사람이지. 그리고 스트레칭을 길게 한번, 또 숨을 길게 한번. 그리고 거기서 다시 시작하는 거야. 나를 소중히 하는 데서. 하지만 나의 이런 말들은 필요 없겠지. 내가 오랫동안 알지 못하던 질문의 답을 너는 이미 알고 있으니까.

아이는 곧 잠에 빠져들어 일정하고 고른 숨을 쉬고, 깜깜한 밤에는 오직 어린 나와 어른인 나만이 오도카니 서로를 바라본다. 어른인 나는 말한다. 들었니? 어린 나는 말한다. 응.

너도 더없이 소중한 사람이야.

응, 이제 나도 알아.

한 몸을 가진 서로는 서로를 깊게 안아준다. 더없이 다정하
고 가벼운 마음으로.

찰나는 찰나로 아름다워서

놀이공원의 피날레인 퍼레이드와 불꽃놀이를 두고 핸드폰 배터리가 2% 남았다. 손끝에 닿아 사방으로 퍼지는 물줄기와 멈춰 선 대관람차, 햇빛에 녹아 손등에 떨어지는 아이스크림, 사월의 하늘, 정원의 튤립밭 사이의 수선화. 정말 저 꽃이 나르키소스의 환생이라면, 그래서 모든 인간이 꽃으로 환생하고야 만다면 나는 어떤 계절의 꽃으로 살고 싶은가 따위의 생각까지도. 나는 습관처럼 모든 순간과 사물을 찍는다. 떨어진 낱장의 벚꽃잎, 수많은 사람들의 환호와 짜증, 에이 집 나오면 고생이야 누군가 슬쩍 흘린 말, 아이의 웃음 그리고 울음, 인형 탈을 쓴 사람의 몸짓, 쉬지 않고 걷고 계속 찍는다. 어떻게든 이 좋은 것들을 다 담겠다는 마음으로.

사진 찍는 것을 좋아한다. 삼 년 쓴 핸드폰에만 무려 사만오천 장의 사진이 있다. 정리해야지 하면서도 매일 늘고 있는데다 어떤 날은 백 장이 넘는 사진을 찍기도 한다. 피사체는 주로 내가 아끼는 사람이거나 사물(커피나 책)이지만 때로는 새롭다. 조금 전 양배추와 콩을 사러 다녀왔을 땐 길가 배수구 근처에 잔뜩 쌓인 연분홍의 얇은 꽃잎을 찍었다. 때로 아무것도 없는 테이블 모서리나 바람에 날리는 커튼을 찍기도 한다. 나에게 시 詩처럼 느껴지는 순간들이다.

하루에 전화하는 경우는 겨우 한두 통, 내 핸드폰은 핸드 카메라라 불러도 무방하다. 되돌아 매 사진을 찾아보지는 않지만 돌아보고 싶은 순간은 어김없이 있고 사진과 영상은 그럴 때 유용하다. 물론 그렇다 해도 나는 좀 지나치게 찍는 편이다.

그러니 나에게 배터리가 2% 남은 핸드폰, 아니 핸드 카메라로 문라이트 퍼레이드와 불꽃놀이를 보는 것은 엄청나게 아슬하고 불안한 일이다. 다시 되돌아보고 싶으면 어쩌지. 남기고 싶은 시적 순간이 있으면 어쩌지. 퍼레이드를 위해 계단에 앉아 기다리는 지금이라도 어딘가에 충전을 부탁해서 불꽃이 터지는 찰나라도 저장해 두는 게 낫나. 야광 공을 가지고 노는 아이들 앞에서 그래도 산 곁이라 밤공기는 차갑구나 저 멀리는 저토록 깜깜하구나 생각하며 갈등했다. 사람들의 시선이 따르는 곳과 아이의 춤을 보고 웃다가 옆자리 여자가 밀고 있는 빈 유모차 안의 인형을, 함께 온 남자에게 낮은 목소리로 자신의 아기(인형)가 지금 잠에 들었다고 말하는 모습을, 그렇다면 저 유모차는 빈 유모차가 아니라 저 여자의 아이를 싣고 있는 유모차구나를 생각하면서. 순간 훅 끼치는 단내를 맡다가 그런데 퍼레이드는 언제 올까 목을 빼면서. 그러다 아, 이 모든 게 실재구나 이 모든 게 살아있다는 감각이구나 물색없이 생각하면서.

관절을 꺾어 로봇 춤을 추는 무용수와 그에게 소리와 갈채를 보내던 관객들, 삼십 분 동안 이어지던 눈부신 퍼레이드, 머리 위에서 터지는 불꽃의 비명과 바닥에 남은 그 잔해들, 꼭 잡은 아이 손의 온기 같은 것들. 다시는 반복되지 않을 순간의 모든 것들.

찰나는 찰나로 아름다워서.

이후 집에 돌아올 때까지 단 한 번도 핸드폰을 꺼내지 않았다. 배터리도 없었지만 충전할 마음도 조급함도 없었다. 일주일에 몇 번 날을 정해 핸드폰을 켜지 않는 건 어떨까도 생각했다. 이 글을 쓰는 것도 그 시간의 경험이 나에게 준 기쁨을 옮기기 위해서, 대부분의 순간 우리에게는 사진으로 남기는 것보다 훨씬 더 중요한 것이 있다는 걸 말하고 싶어서다. 물론 당신도 이미 알고 있을 테지만.

그 모든 것을 담을 수 없음을 안다. 사진으로도 기억으로도. 나는 평생 편집된 장면과 부분만을 볼 것이고 그중 대부분은 사라질 것이다. 그 불안에 그렇게도 사진을 찍어댔을 것이다. 사진은 기억보다 더 정확하고 관리하기 편하니까. 하지만 분명한 건 카메라(이제는 대놓고 카메라라고 부른다)를 놓으니 주위가 더 잘 보였다. 작은 화면보다 넓은 시야와 냄새, 어깨에 닿는 촉각, 소리, 그런 것들이 더 또렷하게 느껴졌다. 터지는 불꽃을 이렇게 온전히 바라본 게 얼마 만인지. 작은 빛은 저렇게 멀리까지도 비추는구나 혼자 놀랐다.

아마, 아니 분명 나는 내일도 사진을 찍는다. 가정이나 미래형의 어미는 필요 없다. '나는 사진을 찍는다'는 문장에는 조금도 변함이 없을 것이다. 다만 작은 옵션이 생겼다. 진짜 중요한 순간은, 꼭 담고 싶은 순간은 나의 오감으로 기억하리라. 그 실재의 세계는 사진이 남길 평면의 세계보다 훨씬 풍부하고 감각적이고 아름다우리라, 하고.

온몸으로 담기, 나의 눈으로 담기. 천천히 눈을 뜨고 숨을 쉬다 잠시 멈춘다. 순간을 순간으로 남기는 연습을 한다.

4시 44분

 시간을 팔아치우면 좋겠다고 생각한 적이 있어. 모모*는 아무것도 몰라, 흘러넘치고 필요 없는 게 시간인데 모모는 빚처럼 쌓이는 시간의 고통을 모르는구나, 몰라서 좋겠구나 고개를 젖히고 웃었었지.

 내 유년의 수식어는 웅크리던, 비쩍 말라붙은, 버려진 플라스틱 봉지 같은, 모자란, 넘치도록 결핍된, 비듬이 쌓인, 해진 단벌의, 손톱에 낀 때처럼 부끄러운, 견디는, 밟혀도 어쩔 수 없이 일어나야 하는, 빈, 불 꺼진 방의, 애쓰는, 아파서는 안 되는, 불필요한, 무기한 무명으로 빌린, 밀린 빨랫감의, 감추어둔, 어색한 웃음 같은 것들. 어느 정도 온전하고 어느 정도 불완전한 말들.

---

*   미하엘 엔데, 『모모』의 주인공 이름

내 안에

  유년의 순간들은

불가피하게 드문드문 남아 있지만 대부분은 삭제되었어. 지운 것은 나지만 고의는 아니야. 썩은 과일의 조각을 도려내듯 덜어내듯. 저 깊은 곳의 내가, 살고 싶은 내가. 등을 돌리고 부러 뒤를 돌아보지 않은.

그런데 네가 인사를 한 거야. 안녕, 열한 살의 나를 기억 하니, 하고. 난 꼭 나의 유년이 들켜버린 것처럼 얼굴을 붉히다 고개를 숙였어. 아는 척을 해야 하나. 나는 그때의 내가, 그때의 나를 아는 누군가가 싫은데. 다 지워버려 사실 그때는 잘 기억조차 못하는데. 하지만 너의 '왼손으로 또박또박 써주던 편지들, 네 애정 담긴 관심들이 어린 나이에도 고맙고 힘이 되었'다는 말을 듣고서야 고개를 들었어. 이제 나는 더 이상 부끄럽지 않으니까. 그때의 모자람은 나의 몫이 아니니까. 그리고 네 얼굴을 보자 순간 훅, 하고 마른 소녀의 몸과 초록의 카디건이, 잇몸이 보이는 웃음이, 다정하고 편안하던 어느 한 친구가 떠오른 거야. 그 친구일까. 맞는 것 같은데. 계단을 올라야 하던 나의 이층집을 이야기하는 너는.

어쩌면 맞을지도, 아닐지도 몰라. 문득 지금 바라본 시계는 4:44를 가리키고.

다만 유년의 나에게서 힘을 얻은 사람이 있다는 게, 다정하게 나를 기억해 주는 사람이 있다는 게 얼마나 기쁜지, 얼마나 감사한지. 그 시절을 지나온 우리는 얼마나 강한지. 불러낼 시간이 있다는 게, 그 시간을 팔아버리지 않은 게 얼마나 다행인지. 그리고 또 떠오르는 거야. 유년의 나는 우기길 좋아해서 4는 죽을 사가 아니라 사랑하는 사람의 사라고 곧잘 이야기했던 것을. 죽음 외에도 세상엔 더 많은 가짓수의 해석이 있다고 생각한 것을. 우리는 쉽게 친해지고 쉽게 마음을 내어주고 넘어져도 아주 쉽게 일어나 무릎을 털던 것을.

짧은 인사, 안부, 웃음, 기억, 문자에도 우리는 얼마나 말캉해질 수 있는지.

고마워. 한때 버리고 싶던 나의 유년이 너로 인해 다정해졌어. 어린 내가 멋진 사람처럼 느껴졌어. 하지만 나에게 먼저 안부를 물어 온 너는 더 멋진 사람이겠지. 다정한 사람이겠지. 이러고 또 시간은 잘도 잘도 흘러가고 4:44분은 언제까지나 사랑하고 사랑하는 사람들의 시간일 것일 테고.

끝내 우리는 고아가 되겠지만

흰 오목눈이처럼 작아지던 할머니가 여든여섯에 돌아가시고 아이고 아이고 나는 인제 아빠도 엄마도 없구나 육십이 가까운 엄마는 목 놓아 울었습니다. 이모는 혼절하고 할머니가 가장 아끼던 큰외삼촌은 마른침만, 자꾸만 마른침인가 눈물인가만. 할머니는 다른 자식들이 준 돈을 꼬깃꼬깃 모아다 큰외삼촌에게 줬다나 봐요. 그걸 보고 다른 자식들은 저들끼리 성을 냈지만 그러면서도 그렇게 챙겨줬다나 봐요. 나의 엄마는 다섯 남매의 넷째 딸. 열아홉 봄에 집을 나와 다음 해 나를 낳았습니다. 그 모든 과정과 결과를 할머니는 인정하지 않으셨대요. 딸의 발에 걸릴 돌부리처럼 나와 아빠를 생각한 지도 모르겠습니다만. 여하튼 평생 오롯한 애정을 받은 적도 없다면서도 엄마는, 종종 저에게 말하고는 했습니다.

너, 우리 엄마한테 다 일러버린다.

나도 엄마 있어.

할머니가 누운 관이 화염으로 들어갈 때 그 짱짱 거리는 말도 이제는 듣지 못하겠네, 슬펐던 기억이 있습니다.

비어 있는 누군가의 자리를 생각합니다. 비어 있는 자리를 끌어안는 마음은 차마 알 수가 없어, 이제는 나도 고아구나, 하고 무연히 바깥을 보던 가까운 어른의 옆얼굴.

끝내 우리는 고아가 되겠지만.

하남에 나무 고아원이 있습니다. 이름이 왜 그리 애처롭냐고 당신은 말했던가요. 정말 왜 이름이 이 모양이냐고 저는 몰래 생각했던가요. 사실 그곳엔 베어버릴 예정이거나 도로 확장 공사로 상처 입은 은행나무, 소나무, 메타세쿼이아, 홍단풍, 버짐나무 등 23,294의 나무가 옮겨 심어져 있어요. 울창이 새로이 뿌리를 단단히 하고 찬연하게 서 있습니다. 그 안에서 따로 모인 그들의 녹음을, 저 각각 바람에 흔들리는 잎들을 보면서 저는 그저 참 멋진 나무들이네, 빛나도록 단단하네, 하고만 생각했어요.

엄마 아빠가 빨리 죽어 이제는 그토록 슬퍼할 일이 없다고 당신이 말했던가요. 지인이고 친구고 이제는 부모가 죽을 일만 남았는데, 나는 없으니 이게 얼마나 편한 일이냐고 당신은 샐쭉 웃었던가요. 그 웃음에 조금의 거짓도 없어 다행이다, 다행인가 헷갈리다가 당신의 슬퍼하지 않아도 되는 무언가를

조용히 쓰다듬던 한낮. 그런 한낮도 있었네, 하고 단단하게
빛나는 당신 곁에서 생각하는 또 다른 한낮이었습니다.

생일은 지났다

생일이라는 게 좋았다. 마냥 신났다. 오전에는 혼자 자주 가는, 새가 보이는 카페에서 미루던 글을 쓰다가 오후에는 며칠 전 예약해 둔 애프터눈 티세트를 먹고 저녁즈음 가족과 케이크에 촛불이라도 불면 더할 나위 없이 완벽하리라는 기분이 들었다. 설레었다. 완벽이라는 게 있을까마는 그저 좋았다. 생일, 생일, 생일. 한 것 없이 축하받아도 뻔뻔히 좋은 우리들의 찬란한 벌쓰데이. 두근댈 정도로 생일이 기다려졌다. 어떤 하루가 될까. 어떤 일이 있을까. 빛은 얼마나 환할까. 이미 생일과는 관계없이 기대는 날로 날로 몸집을 키우며 몸을 부풀렸다. 펑-

그러나 마음은 터지지 않았다. 안돼, 하는 마음. 얇게 언 낱장의 얼음 같은 마음 때문이었다. 기대하지 마. 설레지 마. 기대의 애인이 실망이라는 거 너도 잘 알잖아.

마음을 다잡았다. 기대하지 마, 기대하면 안 돼. 소리까지 내서 말했다. 그러자 얼굴을 마주하고 앉은 아이가 왜? 하고 물었다. 밥을 먹던 참인가 다 먹고 치우려던 참인가 그랬다. 왜? 왜 기대하면 안 돼? 기대해도 돼. 그리고 이초 간의 정적. 그런데 기대가 뭐야?

기대는, 어떤 좋은 일이 있을까 하고 기다리는 마음이야. 그래서 설레는 마음이야.

아이는 고개를 갸우뚱했다.

그건 좋은 거잖아. 그런데 왜 하면 안 돼?

순간 수없이 고꾸라지던 어리고 늙은 기대들이 떠올랐다. 조각나고 부서져도 어김없이 싹을 틔우고 피어오르던 나의 기대들. 나는 말했다. 실망할까 봐. 실컷 좋을까 기대했는데 실제로는 그렇지 않을까 봐. 아이는 어깨를 으쓱했다. 정말이다. 만 네 살의 아이는 그까짓 거 별거 아니라는 듯 어깨를 으쓱하며 말했다. 괜찮아. 그건 지금이 아니잖아. 지금 좋으면 좋은 거지. 아니, 지금은 지금을 즐겁게 살아야지였던가 즐기면 돼 였던가. 하여튼 아이는 그런 식의 말을 했다. 웃음이 났다. 그러네, 정말 그러네. 좋은 거 맘껏 누리다가 언젠가의 일은 언젠가에 생각하면 되겠네.

어쩌면 당신은 아이가 산 생은 고작해야 만 사 년이니 겪여본 기대가 얼마겠냐고 생각할지 모른다. 하지만 비울수록 깨끗하고 명료해지는 대표 중의 대표가 집과 정신이다. 비우자.

실망한 적 없는 것처럼 기대하고 울어본 적 없는 것처럼 웃고. 아니 이건 다른가. 뒤따라올 실망의 확률을 알면서도 기대하고, 실컷 울어본 적 있으면서도 다시 크게 웃고. 뭐 그런 건가. 그럼에도 기대하고 그럼에도 웃고 그렇게.

생일은 지났다. 역시 완벽하진 않았지만 적당히 즐겁고 적당히 염려스럽고 적당히 유쾌한 날이었다. 그리고 무엇보다도 한 것도 없이 많은 이들에게 잔뜩 축하한다는 얘길 들었다. 축하해. 누구보다 즐거운 하루 보내. 봄철에 망고를 보면 내 생각이 나게 해 주겠어. 귀여운 으름장과 잊지 못할 축하의 말들과 선물. 심지어 동물 복지 유정란에 마음을 꾹꾹 눌러 담아 직접 만들었다는 케이크까지. 내가 뭘 했다고. 난 그냥 엄마의 생배를 갈라 나온 것밖에 없는데. 그럼에도 어김없는 축하의 말들. 차고 넘치는 고마운 말들. 태어나서 고마워, 같은 황송한 말들. 내 평생의 의문을 한 번에 감싸안아 주는 말들.

아. 문득 바로 지금, 꼭 지금 당신에게 이 말을 되돌려줘야겠다는 생각이 든다.

이 글을 읽고 있는 당신,

태어나줘서 고맙습니다. 닳고 또 새로 돋던 기대들과 숱한 꿈과 마음을 지나 지금까지 잘 살아 와줘서 고맙습니다. 당신의 태어남을 심심 深深히 축하합니다.

어제 일이다. 지하철에서 운 좋게 앉았는데 앞에 선 사람이 말했다. 사람들은 보통 자기 생일이 있는 계절을 좋아하더라. 그러자 옆에 선 사람이 말했다. 나 여름이 싫은데. 하지만 나는 속으로 생각했다. 그래선가, 내가 봄을 좋아하는 이유가. 어쩔 수 없이 봄을 기대하는 이유가.

　당신도 당신이 태어난 계절을 좋아하길, 실망이야 어찌 됐든 가벼이 기대하길 역시나 심심하게 바라봅니다.

은빛은 아름답게 빛난다

　내 첫사랑에게는 은빛의 이가 있었다. 가진 게 없으니 진짜 은을 덮어씌운 것은 아닐 테지만, 아마 조각난 이를 대신하기에 92.5 퍼센트의 은은 너무 무르겠지만, 나직이 제자리에서 빛나는 빛이 진짜든 아니든 그런 건 나에게 중요하지 않았다. 남겨진 빛만이 소요할 가치가 있었다. 가깝거나 먼 거리에서 뚜렷이 잔상을 남기는 은빛. 그녀가 입을 쩍 벌려 하품하거나 깔깔거리며 웃을 때마다 찬란히 빛나는 빛. 가지런히 나열된 치열 사이에 끼여 그녀가 씹고 마시는 것들을 아주 오랜 시간 흘려보냈을 빛. 아주 높은 확률로 제대로 된 치과가 아니라 방바닥 이불에 누워 친한 치위생사에게 불법으로 박아 넣었을 빛. 부끄러운 줄 모르고 진짜 치아보다도 더 전신을 뽐내는 빛. 불에 타면 독 중 하나인 수은이 공기에 터져 나온다는 아말감 특유의 광택이 나는 빛.

예전부터 난 고요보다 소란을 즐겼다. 사람들 속에서 태연히 잘 있지도 못하는 주제에 사람이 좋았고 심신이 곧은 사람보다 미약한 사람이 더 편했다. 살짝 비뚤어지고 모서리가 조금 모나고 외로운 사람. 내가 그런 사람이라 그런 사람을 좋아한 지도, 그런 사람이니 그런 사람을 만나야 한다고 생각한지도 몰랐다. 어딘가 끝도 없이 환한 사람이 다가오면 설핏 뒷걸음을 쳤다. 내가 녹아 사라질 것만 같았다.

첫사랑은 나를 데리고 도망쳤다. 남자에게서, 그녀를 물어뜯는 남자들에게서였다. 잦은 이사와 오해, 질병처럼 파고드는 가난은 자꾸만 나를 작게 했다. 작은 나는 자꾸만 밖으로 돌았고 또래 아이들에게로 피난을 갔다. 고작 스무 살 많은 주제에 내 인생을 쥐락펴락하고 내 인생을 쥔 주제에 나를 사랑하지 않는 첫사랑을 잊어버리려 온갖 애를 다 썼다. 내 첫사랑이 후회하길 바랐다. 당신이 나를 바라보지 않은 죄로 내가 이렇게 된 거야. 어설픈 복수가 되길 바랐다. 그렇게라도 나를 바라보길 바랐다. 단 한 번이라도 질척이는 생이 아닌 나를 바라봐주길 원했다. 넌 글 쓰는 게 좋니. 중학교 2학년, 그녀가 무심히 던져준 연하늘색 노트에 가끔은 짧고 가끔은 길게 무언가를 쓰다가 어느 날인가 아니 어느 며칠인가 긴 저주를 적어 내렸다. 죽어. 죽으라고. 죽어버려. 한 페이지 가득 당신 죽으라는 얘기만 가득 써댔던 걸 당신은 알까. 결국 어린 치기가 끝나고 부끄러움에 찢어버린 몇 장의 원망을 당신을 알까.

시커먼 충치를 깎고 잘게 남은 치아에 둘러씌운 은빛이 사
라지면 무엇이 남을까. 이는 더 작아져 있을까. 충치가 다시
생겼을까. 선홍의 잇몸은 무너져 내렸을까. 은빛 세계 속 시
간은 어떻게 흐를까.

열여덟인가 이가 아파 치과를 찾았다. 의사는 신경치료를
해야겠다고, 치아를 깎아 크라운을 씌워야겠다고 했고 비스
듬히 누운 나는 먼저 돈 걱정을 했다. 내 첫사랑에게 아픈 것
은 일을 나가지 못한다는 의미였고 나에게 아픈 것은 치료할
돈이 나간다는 의미였으니 결국 아픈 것은 돈이었다. 돈, 그
놈의 돈. 그녀를 죽일 듯이 괴롭히던 돈. 저렇게 반짝이는 핀
셋과 작게 빛나는 치경, 잘나 보이는 의사의 잘난 시술은 큰
돈이 들겠지. 도무지 그녀에게 썩어가는 이를 드러낼 엄두가
나지 않았지만, 치통은 사춘기의 반항보다 강력했다.

엄마, 이가 아파.

치과에서 신경치료만 해 와.

결국 나는 몇 주 뒤 방바닥 이불에 누워 치아를 본떴다. 아
마도 그녀가 했던 방식과 동일하게.

개인적으로 소설이든 영화든 시간을 돌리거나 이동할 수 있
다는 설정을 좋아하지 않는다. 간절한 만큼, 불가능이 싫다.

몇 번이나 돌아가다 결국 자신의 탯줄을 자르고 만 영화의 결말처럼 나 역시 태생을 돌리고 싶다는 생각을 수없이 했지만 동시에 생이 미치도록 즐겁다. 더러워도 치사해도 즐거운 건 어쩔 수 없다.

그러나 나는 간절하다고 썼다. 왜 간절한가, 간절히 돌아가고 싶은 건 언제인가를 잠시 생각한다. 도대체 과거의 어느 시점으로 돌아가야 우리는 함께 행복할 수 있었을까. 평안과 웃음을 그녀 곁에 붙들어 맬 수 있었을까. 고3, 그녀가 재혼하길 원한다는 그 남자와 헤어지지 않도록 어떻게든 내가 노력해야 했을까. 아니 헤어질 사람은 어떻게든 헤어질 것이다. 그 이전으로 돌아가 보자. 아무래도 여덟 살은 힘이 없어 그녀에게 수치와 폭력을 선물하던 아빠를 대신 때릴 수도 없을 테니 역시 열다섯쯤일까. 그때 차라리 일기장 한가득 빼곡히 잉크로 저주를 채우기보다 말 한마디 건네는 게, 그녀의 사정을, 결코 내게 말하지 않을 그 사정을 이해하는 척이라도 하는 게 낫지 않았을까. 토성의 고리처럼 그녀 주위를 맴돌며 먼지와 쓰레기 같은 감정을 가득 품을 바에야 모두 먼 우주에 흩뿌리고 가벼이 유영이라도 하는 게 낫지 않았을까. 여전히 나는 알 수 없지만 아마 돌아간들 다를 것은 없을 것이다. 역시, 이런 유의 생각도, 시간을 돌린다는 설정 자체도 싫다. 시간의 이동은 사람들의 염원이 만들어낸 플롯일 뿐이다. 그렇게 생각하고 만다.

그런데 언제부턴가 내 첫사랑은 예전보다 자주 웃는다. 다행이다. 원체 호탕한 성격이라 입을 쩍 벌리고 웃고, 하품도 있는 힘껏 한다. 그 사이로 설핏 은빛이 빛난다. 그 빛은 그녀가 가진 여유만큼 몸을 발한다. 웃을 때마다 은니는 원래 희어야 할 자리에서 인공적으로 빛나지만 내 첫사랑은 괘념치 않는다. 돈도 남자도 이제는 그녀의 걱정거리가 아니다. 은빛을 숨기고 은빛을 씹고 은빛을 다시 한번 꽉 물며 그녀는 긴 시간을 버텼다. 입을 벌려 웃을 때까지 오랜 시간이었다. 어쩌면 이게 정답이었던가, 생각한다. 무엇을 고쳐야 할지 잘 알지도 못하는 시점으로 돌아가길 바라는 게 아니라 은빛의 파안을 기다리고 기다려야 했는가 하고. 시간이 약이란다, 언젠가 그녀가 말한 시간을 믿고 기다리는 게 정말 약이었던가 하고.

내 첫사랑이 웃는다. 은색의 빛이 웃음으로 달궈진다. 금속성의, 사실은 색이라기보다 인공의 광택에 가까운, 그녀의 입 속에서 긴 시간을 살았고 또 살아갈 은빛이 아름답게 빛난다.

잠비*

지나감을 씁니다
결국은 지나가고야 마는 걸음과 풀, 개의 낮잠 같은 것

여름 한낮의 비는 쉬이 그치지 않아
몸을 기대 쉬거나 잠들고

비는 콘크리트 위에
방 안의 아이는 스케치북에
그림을 그리는 회색의 낮

안녕이라고 말하면
안녕이 되어버려요

빗물에 젖은 고양이가 몸을 터는 사이
아이는 어른으로
물은 구름으로

꿈의 변주와 도돌이표에서
몸을 말고 귀를 쫑긋합니다

비가 오지만
알아요, 조만간 잠들겠지만
결국은 다 공기로,
공기의 그림자로 떠오를 거예요

일단은 쉬어요
괜찮아요, 그래도 괜찮을 테니

잠시 눈을 붙여요

---

* 잠비 ; 여름에 일을 쉬고 낮잠을 잘 수 있게 하는 비라는 뜻으로,
  여름비를 이르는 말.

2부

쓰기에 가까운

숲은 거기에 있다

어느새 숲이다. 햇빛은 일정하게 모든 면면에 닿아 부서져 반짝인다. 그에 반사되는 진하고 연한 초록의 계열, 바람에 흔들리는 목이 긴 풀과 가까이 뛰어다니는 벌레들. 메리 올리버는 길에서 폴짝폴짝 뛰어가는 메뚜기에게 말했다.
- 넌 네가 하는 일을 참 잘하는구나!

숲의 아침은 고요하다. 생명들은 새벽부터 부지런히 깨어나 벌써 하루를 시작한 참이다. 조금의 빛과 온도 차에도 민감한 그들은 나와 마찬가지로 일정한 호흡을 하고 계절을 감각하다 밤이 되면 잠에 들 것이다. 한 주먹의 햇빛만큼 다른 하루를 보내고 내일을 맞이할 것이다.
푸른 9월의 아침, 그렇게 나는 비에 젖은 산길을 걸었다.

발밑에서 부러지는 나뭇가지, 물에 젖은 흙, 풀벌레 소리의 간격, 늦여름에 돋아난 아카시아의 연둣빛 잎, 모든 것 사이로 비치는 하늘, 넓게 핀 붉은 버섯, 내게 붙어 나를 따르는 그림자. 그 모든 것은 내게 어떤 것도 묻지 않고 나를 따른다. 서로에의 완벽한 복종, 혹은 완벽한 독립. 저마다의 존재를 증명할 필요도 이유도 없이 그들은 완벽하다. 중독처럼 숲은 나를 이끈다. 숲에 오고 싶었다는 말은 맞지 않다. 나는 숲에 놓여지고 싶었다. 원래 이곳에 소속되어 있던 생물처럼 흔들리고 정지되고 싶었다. 적막한 숲 사이에 미아처럼 서 있고 싶었다.

나무뿌리가 벌겋게 나체를 내미는 이곳에서 나의 언어는 통하지 않는다. 인간에게 닿지 않는 그들의 말이 숲을 채우고 나는 그사이를 조용히 걷는다. 떡갈나무의 넓은 잎이 툭 떨어진다. 그들의 교향곡은 이어지고 나는 아주 천천히, 떨어진 잎의 크기만큼의 보폭으로 더없이 천천히 걷고 걸음은 점점 더 느려지다 마침내는 멈춰 선다. 어제는 내내 비가 쏟아져 내렸다. 숲은 제 몸 그대로 비를 받아내고 빨아들이고 내쉬고 있다. 축축한 숲의 호흡을 들이마시고 나는 다시 걷는다. 아마 이 산책은 긴 여정이 될 것이다.

이 숲엔 내가 좋아하는 길이 있다. 탁 트이고 구불구불한 길을 얼마쯤 걸었을까. 아마 이쯤이었던 것 같은데 아직 그 길이 나오지 않아 불안해진다. 그 길을 지나쳤을까, 내가 너무 늦어 그 길이 달아나 버렸을까. 아닐 것이다. 아직 산의 낮은 지면 사이로 바다가 보이지 않았다. 그 길은 바다가 보이기 직전 왼쪽으로 꺾어져 있다. 아마 조금만 더 가면 길이 나올

지도 모른다. 나의 조급함을 쓸어내리며 변함없이 나와 다른 생명을 호위할지도 모른다. 젖은 낙엽이 발자국과 숲의 배경음을 깊게 삼키는 사이 거리를 가늠하다 문득 제자리를 지키는 일이 누군가에게는 위로가 될 수도 있겠다고 여긴다. 그리고 생각한다. 그 길에 이름을 지어줄까.

인간은 아끼는 것에 이름을 붙인다. 이름을 기억하고 부르는 것이야말로 진정한 애정이라 여긴다. 언젠가 자작나무의 눈이 가득하던 숲에서 누군가 'YS길'이라고 나무판에 적어 걸어둔 것을 보았다. 나의 이니셜과 같아 놀라면서도 그런 이름은 아무래도 별로라 여긴다. 교토에 있는 철학의 길처럼 어떤 생각을 던져주는 이름이면 좋겠다. 평온의 길, 사색의 길, 기쁨의 길. 그 길을 걷는 이들에게 펼쳐지는 무엇이면 좋겠다.

산의 내리막에 다다랐다. 아무래도 그 길은 지난 것 같다. 오다가 바다가 보였던가, 어떻게 내가 그 길을 지나칠 수 있을까, 생각했지만 상관없다. 그 길은 내가 걷지 않아도 그곳에 있다. 여전히 제자리에서 누군가를 호위할 것이다. 그것만으로도 충분하다.

숲은 여전히 거기에 있다. 숲의 누군가가 사라져도 지나가도 혹은 멈춰도 숲은 여전히 거기에 있다. 생각한다.

그것은 우리에게 얼마나 큰 축복인가.

네잎클로버를 잘 찾는 방법

한 문장이라도 쓰려고 합니다. 짧은 문장이든 단어의 나열이든 순간이 남기고 간 자국이라면 뭐든 상관없어요. 그날의 대화 날씨 색 온도 웃음. 남기고 싶은 대상 위에 얇은 종이를 대고 종이 위를 문질러 찰나를 베낍니다. 모든 것이 그렇듯 인사도 없이 금방 사라지기 전에요.

대부분은 하나의 생각이나 문장입니다. 예를 들면 오늘의 문장은 '기어코 눈을 빼앗겨 버려서'였어요. 요가를 끝내고 (요가를 끝낸다니 우습네요. 누가 누굴 끝낸다는 건지) 길을 걷다 무심코 핸드폰을 봤거든요. 다들 그러잖아요. 의식도 목적도 없이 자연스레 핸드폰을 들게 되잖아요. 그렇게 핸드폰을 보고 확인할 것 없는 뭔가를 확인하고 있는데 스윽, 눈이 화면 밖의 풀꽃으로 향했어요. 생생한 채도의 민들레와 패랭이에게서 살아있는 것의 힘 같은 것을 느꼈죠. 기어코, 마침내, 드디어, 반드시 저는 꽃을 보고 말아요. 그들의 밀도 있는 색채에 눈을 빼앗기고 말아요. 그리고 눈을 들어 어딘가 멍한 채로 저마다 다른 나무와 꽃과 빛과 날씨를 봅니다. 꽃멀미가 인 채로 초록이 모두 같은 초록이 아니어서 다행이다, 즐겁다, 그런 생각들을 하면서요.

또 뭐가 있을까요. 어제는 '네잎클로버를 잘 찾는 비법'이라는 실생활 가이드북의 제목 같은 문구였습니다. 그런 책이 있을 리는 만무하겠지만 연유는 이래요. 저는 네잎클로버를 잘 찾아요. 클로버를 잘 찾는다는 건 찾는 것을 좋아한다는 말과 같습니다. 쪼그려 앉아 오밀조밀한 잎들을 훑어보는 것을 좋아해요. 올해도 발야래 클로버를 보며 봄이구나, 기뻤습니다. 봄이 시작함과 동시에 요동치는 푸름, 그 가장 아래에 클로버가 있으니까요. 그리고 아마 이건 제 가장 오래된 취미입니다. 나의 유년에서 시간은 너무 흔한 것이라 버리고 버려도 금방 다시 차올라 지치지 않고 편히 버릴 방법이 필요했거든요. 파릇한 둥근 잎들을 보다 보면 하루가 금방 지났습니다. 행복의 세 잎과 행운의 네 잎. 나의 결여를 풀밭에서 찾았어요. 내 유년의 시간이 어디에든 있듯 클로버도 어디에든 있었으니까요. 말이 길었네요. 여하튼 네 잎클로버를 잘 찾는 비법이란 이것입니다. 첫째, 찾을 때까지 찾기. 사실 이건 누구나 아는 방법이지요. 작은 짐승처럼 웅크려 한참 클로버를 찾던 저를 두고 누군가는 그 집념이라면 뭐든 하겠다고 했습니다. 맞아요. 첫 번째 비법은 집념입니다. 너를 찾고야 말겠다. 나는 어떻게든 찾을 테니 얼른 나오지 그래. 하지만 정작 중요한 건 비밀의 두 번째 비법입니다. 둘째, 제 자리를 떠날 줄 알기. 그곳에 없다면 자리를 옮길 줄도, 그러니까 떠날 줄도 알아야 하는 거예요. 클로버가 어떻게 해도 없는 곳은 어떻게 해도 없어요. 한 곳에서 십 분을 못 찾다가 열 걸음 옮긴 곳에서 일 초 만에 찾을 수도 있는 게 네 잎이에요. 분명 여기서 당신은 나와 같은 생각을 했겠지요. 그건 클로버를 찾는 일뿐만이 아닐 텐데, 하고요. 맞아요. 이건 역시 네 잎의 일만은 아니랍니다.

두 개로는 아쉬워 마지막으로 며칠 전의 문장을 둘까 합니다. 정확히 말하자면 문장들이에요. '유리창에 물방울이 맺혀 있어요. 표면에 몸을 붙이고 볼록렌즈처럼 속을 다 보이고 있어요. 물방울은 얼마나 모여야 중력을 느낄까요. 수천수만 개의 물방울은 모두 독립적이군요. 독립적이라 여기에 살아남아 있군요.' 말 그대로 유리창에 맺힌 물방울을 보고 쓴 생각입니다. 가끔 나는 나에게 문자를 써서 건네요. 난 이렇게 생각해. 넌 어떻게 생각하니. 마치 두 명의 존재처럼 대화를 합니다. 그러게. 저 물방울들은 얼마큼 모여야 바닥으로 떨어질까. 유리창에 알알이 맺힌 물방울을 보고 혼자의 시간을 생각하다가 모여서 떨어진 물방울들의 여정을 생각하기도 합니다. 그것들이 이렇게 문장이나 단어로 남는 거고요.

오늘 읽은 글 속에 봄꽃은 헛꽃이란다, 라는 말이 있었습니다. 열매를 맺지 못하는 꽃. 그러나 그 꽃들로 봄이 이렇게 찬란한데 헛꽃이면 어떤가요. 이 순간은 이 순간으로 충분하고 꽃은 꽃으로 충분합니다. 나의 베낌은 그 수많은 헛꽃을 위한 찬가일지도 몰라요.

보세요.
저기, 꽃보라가 일고 있습니다.

잘 쓰고 있어요

쓰는 일이, 쓰려고 자리를 버티는 일이 어렵다. 의자에서 일어난 당신은 어질러진 책상 위 엽서나 일기, 메모를 정리하다가 바닥까지 쌓인 책을 책꽂이에 꽂고 어제 마시다 만 찻잔을 부엌으로 가져간다. 싱크대엔 그런 찻잔들이 잔뜩 쌓여있고 식탁에도 읽다 만 책과 읽지 않은 책, 노트, 펜들이 굴러다닌다. 당신은 그 사이에 낀 명세서를 발견한다. 지난달은 날씨가 더워 에어컨을 많이 틀었나, 전기세가 좀 나왔네. 걱정하다 사야 할 목록을 체크하고 난데없이 흰 티셔츠를 다린다. 생각이 무거워지면 누군가는 걷고 당신은 다림질을 한다. 리넨의 주름이 평평히 펴지는 것을 보며 당신은 잘 다려진 옷이 우아하다고 느낀다. 어떤 옷감이든 어떤 패턴이든 매끄럽게 뻗은 천은 그대로 완벽하다. 동시에 당신은 잘 쓰인 글 역시 우아하다고 생각한다. 어떤 글감이든 문체든 상관없다. 앉은자리에서 순간 몰입하게 만드는 글은 그 자체로 완벽하다. 어느새 당신의 생각이 글로 돌아간다. 아, 뭔가를 쓰려고 했었지. 당신은 책상으로 돌아가 의자에 앉는다. 다시 처음으로 돌아간다.

어제 당신은 쓰는 일은 어려워요, 라고 했다. 문장에 답이 있다. 쓰는 게 일이라서 그렇다. 쓰는 놀이, 쓰는 유희가 아니라 당신에게 쓰는 건 늘 일에 가깝다. 자기 안의 무언가를 끄집어 꺼내는 일이자 날것의 폐부와 살갗을 그대로 내보이는 일. 그 일이라는 낱말을 빼고 다만 '쓰기'라고 해본다. 쓰기는 어렵다, 라고 말이다.

최초의 쓰기는 아마도 받아쓰기일 것이다. 우리 엄마, 책상, 지우개, 감사합니다. 타인이 불러준 낯익은 단어와 문장들이 낯선 글자로 형체를 드러낸다. 말로써 휘발되던 사물과 생각들이 백지에 자리를 잡는다. 그리고 받아쓰기는 이내 쓰기에 도달한다. 이름 없이 떠도는 감정에 물음을 던지고 관계를 정의한다. 그렇기에 쓰기는 생각을 바탕으로 한다. 당신은 생각하기를 먼저 한다. 주변에 가까운 사람들과 사건, 사물, 언어, 예를 들면 커피 찌꺼기가 남은 찻잔 같은 것들을 생각한다. 그리고 생각을 연결한다. 여기서 다시 생각해 보자. 당신이 어려운 건 생각인가, 연결인가.

책상맡에 다시 앉은 당신이 단어, 문장을 꺼낸다. 글감은 늦은 오후의 소나기처럼 쏟아지기도 하지만 땅속의 매미 유충처럼 의식 아래 잠들어 있기도 한다. 전자의 경우 당신은 골드베르크 변주곡을 연주하는 글렌 굴드처럼 키보드를 두드리고 후자의 경우, 아주 어렵고 고통스럽게 문장들을 뽑아낸다. 그렇다. 뽑아낸다. 누에의 고치에서 실을 뽑아내듯 행위에 조심스러운 절제와 신중이 배어있다. 그러나 그런 노력에도 간혹 실들은 엉킨다. 실마리는 어디 간지도 모르게 사라지고 물레는 부서져 있다. 하수채 머리카락처럼 뒤엉킨 실들만, 그러니까 문장만 당신 앞에 남아 있다. 당신은 생각한다. 없던 것처럼 모조리 지울 것인가 재봉 가위로 서걱 잘라낼 것인가. 아니면 다시 한번 책상에서 일어날 것인가. 쓰기에 반하는 안 쓰기라는 전제는 없다. 당신을 사로잡은 단어나 단상은 당신의 몸에서 빠져나올 때까지 당신의 머리채를 쥐어흔들 것이다.

다시 어제, 잠시 생각하던 당신은 그래도 잘 쓰고 있어요, 라고 했다. 잘 이 그 잘 은 아니지만 어쨌든 잘 쓰고 있다고, 잘 쓴 글은 아니지만 하여튼 잘 쓰고 있다고 했다. 그리고 가끔 당신이 쓴 글을 읽는 사람도 있고, 거기에 코멘트를 달아주는 사람도 있다고, 그 사람은 모든 문장의 끝에 '잘 읽었어요.'를 붙인다고 했다. 그래서 당신은 생각했다. 잘 쓰지 못하지만 잘 읽어주는 사람이 있으니 더 잘 쓰는 수밖에 없다고, 역시 그 잘이 어떤 잘 인지는 모르겠지만 잘 쓰다 보면 잘 쓴 글이 나오지 않겠냐고 말이다. 나는 고개를 끄덕였다.
어떤 쓰임이 있을지 의미가 있을지 당신은 여전히 모른다. 없을 수도 있다. 그럼에도 쓰기로 한다. 당신에게 읽고 쓰는 건, 물을 마시고 잠을 자는 것처럼 어쩔 수 없는 일이다.

무엇보다도, 일단 써봐. 노래해. 피가 혈관을 흐르는 것처럼.*

피가 혈관을 흐르는 것처럼 문장은 당신 속에 흐른다. 당신은 그것을 끄집어낼 것이다. 그렇게 일단은 잘 쓸 것이다.

---

* 메리 올리버, 『완벽한 날들』, 마음산책, 2013

토마토는 채소고 아보카도는 과일이고

뭔가를 쓰려했지만, 도무지 기억나지 않는다. 오직 쓰려했다는 사실과 두 개의 단어만 얼핏. 과일의 조합 아니면 생뚱맞은 단어의 무작위 열거였던 거 같은데.

가지와 꿀, 소금빵과 레모네이드, 만다린과 귤, 다정과 새끼손가락.

나는 기억도 나지 않는 그것을, 그것이라고밖에 칭할 수 없는 그것을 날씨가 계절을 토하듯 꺼낸다. 찻잔과 모자, 현상과 거울, 탁자와 액자, 또다시 과일로 돌아가서 자몽과 토마토. 그런데 토마토가 과일이었던가 채소였던가 그것만은 늘 헷갈려서.

검색해 보니 식물학적으로 토마토는 과일이지만 주식의 주재료이기에 채소라 부르기로 1893년 미국의 대법원에서 정했단다. 그런 걸로 대법원까지 갈 일인가 싶지만 어쨌든 인간의 사정으로 토마토는 과일로 태어나 채소로 산다. 결국 사람들의 편리와 이익에 따른 정의가 태생보다 중요한가 생각하다가, 하기야 과일이니 채소니 애초에 인간이 부르는 이름인가 하다가. 아니 근데 뭐였더라. 분명히 두 개의 단어였는데. 잠에 빠져들기 직전 휘갈기듯 머릿속에 그어진 단어는 분명 과일 냄새를 하고 서로의 손을 붙잡고 있었는데. 일어나면 기억하려고 몇 번이고 몇 번이고 머릿속에서 되뇌었는데. 그것은 무소음과 시계, 양과 낮잠, 아니 과일이었으니까 참외와 여름, 아보카도와 배. 여기서 아보카도는 과일이고, 과일은 나무에서 나는 열매고 채소는 풀에서 나고. 이렇게 생각은 또 저 멀리멀리 파도에 밀려가고.

두 개의 단어는 아무래도 떠오르지 않고 나는 그것을 처음부터 알았다. 떠올려지지 않을 것을 알고도 떠올리려는 마음. 잡히지 않을 것을 알고도 붙잡으려는 마음. 그 안간힘. 나는 주로 그 힘으로 뭔가를 쓰고 또 밀려가고 다시 쓴다. 그러니 이러는 것도 처음은 아니다. 나는 매일 잊어버리고 떠올리고 이어 붙인다. 그러니까 토마토는 채소고 아보카도는 과일이고. 이렇게, 이렇게만.

당신의 언어

여기, 당신이 쌓아둔 언어가 있다. 서랍 속 연필 사이에, 식탁 비스듬히 세워둔 책에, 창문 밖 나무를 스치는 바람에, 제비나비의 푸른빛에 당신이 말하려던, 혹은 미처 하지 못한 말들이 있다. 당신의 머리를 떠돌던 단상과 낱말은 어떤 형태를 띠지 못한 채 새벽안개처럼 사라지기도 하지만 당신은 안다. 언젠가 그것들은 다른 색과 질감으로 발화될 것이다. 당신의 언어로 빛나고 피우고 쓰일 것이다.

어느 소개서의 '좋아하는 것'이라는 공란에 '언어'라고 당신은 표기한다. 누군가는 달리기, 누군가는 숲을 적어 넣는다고, 언어를 좋아하는 건 어떤 뜻인가요. 또 다른 누군가가 묻는다. 언어는 모든 것이에요. 자신을 표출하고 타인이나 사물과 소통하고 경계를 허물거나 세우는 것, 자신을 드러내고 숨기는 것, 하나의 현상을 다각도에서 발견하는 것, 있는 것을 있는 대로 보거나 혹은 그 반대의 것, 공백이 밑줄로 완성되는 것, 그 모든 것이 언어예요. 좁게는 지금 내가 발음하는 말이나 하품이 될 수도 넓게는 나무가 내뱉은 숨이 될 수도 있는 그것을 저는 숭배해요. 허, 그러면 달리기도 숲도 하나의 언어라고 당신은 얘기하겠군요. 그는 무미하게 얘기했다. 그렇죠! 인원이나 속도가 다른 달리기도 늦은 오후 함께 걷는 숲도 하나의 언어가 될 수 있는 거죠! 당신은 환희에 차서 대답했다. 그건 허무맹랑해요. 사랑이 모든 일의 해결책이라는 것처럼 대책 없고 허황된 거라고요. 그의 말에 당신은 웃으며 말한다. 하지만 우리는 알죠. 사랑이 모든 일의 해결책이 될 수도 있다는 걸요. 물론 사랑도 결국 하나의 언어겠지만요. 그가 고개를 흔들며 자리를 떠나고 당신은 생각했다. 언어가 아니라면, 그것들이 언어가 아니라면 도대체 무엇일 수 있을까.

그가 떠난 자리를 물끄러미 바라보던 당신은 그와 당신의 간극조차 언어에서 생겨났다는 것을 알아냈다. 각자가 규정한 언어의 범위와 한계는 생각보다 우리의 말과 행동, 사고에 깊이 관여한다. 당신이 말하는 귤과 그가 말하는 귤은 아침 일곱 시의 바다와 오후 다섯 시의 바다처럼 다르다. 어떻게 하면 그 간극을 없앨 수 있을까. 당신은 생각했다. 어떻게 하면 당신이 사랑해 마지않는 언어를 다른 이에게 그대로 전할 수 있을까. 그렇게 당신은 쓰기 시작했다. 당신이 생각하는 다양한 형태의 언어를 단순한 언어로 번역하고 타인에게 보여주기로 했다. 주위에 쌓여 있던 언어에 색을 입히고 나열했다. 가끔 그것은 잘 전달되기도 했지만 그렇지 않은 날이 많았다. 하지만 그것도 괜찮다고 당신은 생각했다. 당신에겐 쌓아둔 언어들이 넘쳐났고 애초에 당신은 사람들이 가진 각자의 언어가 좋았다. 실로 퀜 조각보처럼 조각조각 붙여진 경험과 상황이 개별의 언어를 만들어내는, 어쩌면 그 다양함이야말로 언어의 원천일지도 몰랐다.

 맨 처음에 터지는 홀소리는 이응; ㅇ이었다. 응, 으앙, 아야. 그리고 이어지는 미음; ㅁ은 평생에 걸쳐 발음할 단어를 만들어 낸다. 엄마, 마망, 마마.
 이것 봐, 졸리지, 맘마, 배고파? 엄마의 간단한 말은 아이의 본능을 잠재우고 아이는 그의 입을 보고 흉내를 내며 말의 기초를 배운다. 엄마가 발음하는 세계는 고스란히 아이를 품고 아이는 그것들을 꿀물처럼 빨아들일 것이다. 엄마, 이것 봐, 졸려, 맘마, 배고파. 언어는 사랑으로 전이된다. 그러나 당신은 확고하다. 그 이전 최초의 언어는 이미 눈 맞춤이나 웃음소리라고, 혹은 엄마가 떠 먹여주는 쌀미음 같은 것이라고 말한다. 발음되지 않는다고 해서 언어가 아닌 건 아니야. 당신은 확신했다.

 묽게 내리는 어둠, 금빛으로 빛나는 산등성이, 천천히 식어가는 커피잔의 온기, 이름 모를 이의 눈인사, 호두나무 잎의 냄새, 투명한 물의 시원함, 전시회의 그림, 강아지가 흔드는 흰 꼬리, 쏟아지는 비의 리듬, 적운란이 이동하는 속도, 반가운 연락, 유리와 빛이 만들어낸 무지개, 밀려드는 사람들의 말소리, 시동을 켜자마자 나오는 라디오, 적절한 시기의 적절한 행운.

여전히 당신 주위에는 언어가, 정확히 말하자면 당신이 정의하고 사랑하는 언어가 당신의 세계를 채우고 흘러넘치고 있다. 당신은 다시 생각한다.

이 모든 것들이 언어가 아니라면 도대체 무엇일 수 있을까.

고독한 자화상

1.

solitude라는 곡을 좋아한다. 단조롭게 반복되는 낮은음 사이로 던져지는 높은음의 동그라미가 퍼지고 겹치다 다시 차분히 내려앉는, 또 그것이 반복되는. 느리게 뻗는 기지개와 긴 산책이 어울리는 곡.

아무것도 하지 않은 채 지나가는 것들을 멍하니 바라보며 이 곡이 건네는 부드러운 무게와 홀가분한 호흡을 감각한다. 그리고 그런 것들을 떠올린다. 아이들이 떠나간 텅 빈 운동장, 눈 쌓인 지붕, 책을 펼치고 창밖을 바라보는 사람, 누군가 벗어둔 신발, 턱까지 끌어올린 까만 터틀넥, 잘린 머리카락. 모두 저마다의 이야기가 있는 것들.
그러니까 고독solitude 한 고요 같은 것들.

자칫 외로움으로 오해받고 '고독사(고립사)'라는 극단의 절망적인 상황까지 떠맡아 버린 단어지만 그 근원은 평온하게 가라앉은 내면이다. 축제가 끝나고 떠나는 이들이 아닌 여전히 그곳에 남아 여운을 정리하는 사람의 것으로 묵묵히 의자를 정리하고 떨어진 풍선들을 그러모으는 마음이다. 떠나지 않고 제자리에서 자신을 지키는 이들. 어쩔 수 없는 지난 시간과 잘 모르는 지금을 껴안아 주고 푸른 저녁 강에 발을 담그는 이들. 정물처럼 가만히 앉거나 서서 주홍으로 물드는 하늘을 알아채고 다가올 적막이 두렵지 않은 이들. 아마도 고독은 그들에게 가까운 언어다. 상상해 보라. 고독은 결코 슬프지 않다. 고독이 익숙한 인간도 슬프지 않을 것이다.

2.

　자화상 self portrait은 툭, 툭, 장난스러운 음들을 시작으로 농담 같은 멜로디, 청춘의 비트를 실은 드럼이 이어진다. 괜찮아, 뭐 어때, 음은 어깨를 가볍게 두드리고 나는 말야, 제 얘기를 계속한다. 여름이 지나가고 난 뒤 잔열이 조금 남은 자리에 살짝의 아쉬움과 약간의 기대가 섞여 빙그르르 원을 그리고, 나는 그 속에서 거울을 본다. 가볍게 달음질치는 음계의 선을 따라가며 생각한다.

　나는 나의 얼굴을 어떤 선과 면으로 그릴 것인가.
　어떤 음들로 나를 담아낼 것인가.

작업은 고독을 먹고 사는 것 같다. 글이든 음악이든 미술이든 '홀로'를 먹어야 뭔가가 나온다. 상황이나 타인과의 대화에서 어떤 재료가 떠올라도 문장과 음정을 오리고 붙이고 나열하는 것은 완전히 개인적인 일이다. 사람들 사이에서 소나기 같은 시간을 보내다 홀로 앉아 떨어진 빗방울들을 가늠하기, 나의 작업은 그렇게 시작된다. 집으로 돌아와 살갗에 닿은 물기나 어깨와 발등으로 떨어진 물의 결정을 가만히 살펴보고 손바닥을 모아 떨어진 빗방울을 주워 담는 것이다. 어떤 빗방울은 이미 흔적도 없이 뭉개지고 또 어떤 빗방울은 형태가 변해 있다. 아랑곳하지 않고 단상을 모으고 낱말을 모은다. 지켜보고 그러모으다 간단히 적기도 한다. 모두 혼자만의 작업이다. 내 책상 두 번째 서랍에는 그런 단어와 형태소가 가득 들어 있고, 그들은 나를 닮아 있다.

스무 살, 거울을 보며 내 얼굴을 따라 그린 적이 있다. 코끝의 점, 속눈썹, 둥근 콧볼, 흐린 입술 선. 어떻게 구도를 잡는지 몰라 보이는 대로 그렸다. 종이에 남겨진 비대칭의 얼굴은 어딘가 익숙했지만 낯설었다. 형태는 닮았으나 느낌이 달랐다. 나를 나로 말하는 것은 코끝의 점보다 눈빛, 체온, 체취, 쓰는 언어가 아닐까. 수집한 수만의 단어들, 속삭인 말들이 나를 이루고 여백을 메우는 게 아닐까. 스물의 나는 그런 생각들을 했었다.

사카모토 류이치의 자화상은 격렬하지 않지만 벅차오르는, 한참 아끼던 장난감을 닮았다. 고독이 익숙한 인간은 역시 슬프지 않을 것이다.

소리는 제 몸의 선과 면을 갈라 나에게로

마침내 보이지 않는 오케스트라의 선율이 절정으로 치닫고
나는 그만 사랑에 *빠졌다*

전석이 스피커를 향해 있는 의자에 앉아 작고 가벼운 노트에 문장을 휘갈겨 썼다. 음악이 바뀌자 문장은 시가 되려다 멈췄고 나는 적당한 농도의 밀크티를, 옆에 앉은 그녀는 시나몬 향이 강한 홍차를 마신다. 여기는 21세기의 카메라타. 사람들은 나란히 배열된 좌석에 앉아 책을 읽거나 눈을 감거나 뭔가를 생각한다. 사소한 것에서 장대한 것까지 우리는 생각으로 우주까지도 갈 수 있다.

이것 봐. 책에 얹은 손이 떨리고 있어. 그녀의 말에 나는 공기와 음의 진동으로 몸을 떨고 터는 공간을, 그 안의 사물을, 우리를 바라본다. 이 떨림은 공기가 움켜쥐는 희열인가 울음인가. 아니면 희열에 가까운 울음. 까무룩 높은 천장의 벽에는 인물을 그린 초록색의 커다란 유화 몇 점이 있다. 유화의

인물들은 오직 정면만을 바라본다. 어쩌면 그들은 평생 볼 수 없는 자신의 얼굴을 이층 유리에 비춰 응시하려는 지도, 아니면 곁의 얼굴에게 뭔가를 말하려는지도 모르겠다고, 나는 생각한다.

1920-30년대의 극장 스피커로 나오는 음악은 몸집이 거대해서 피할 데가 없다. 맨 끝자리나 벽 뒤, 건물의 이층에까지 음악은 귓바퀴를 비집고 음계를 들이민다. 숨을 수 없다면 온전히 즐기라던가. 애초에 이곳은 그것을 위해 무에서부터 태어났다던가.

처음 흘러나온 곡은 매들린 페이루Madeleine Peyroux가 부른 La Javanaise. 그리고 한동안 협주곡이나 교향곡이다가 퀸시 존스와 오케스트라의 Quintessence. 트럼펫 소리가 잔뜩 화가 난 자동차 경적처럼 울려 퍼졌다. 만약 이런 공간에서 Paul Riedl의 Quintessence 같은 앨범을 들으면 어떨까. 생각만으로도 몸이 공중에 뜬다. 살결에 물결이 밀어 친다.

그리고 그 사이, 혹은 그 후. 자리를 떠나기 전까지 가벼운 갱지 노트에 그림을 그리듯 시를 썼다. 쓴다기보다 조각한다. 내가 느끼는 원형의 감각에 가닿기 위해 언어를 깎아내고 날말을 새긴다. 어제 시를 말하던 Y는 시를 쓰는 사람은 그 순간 신 神이 된다고 했다. 시의 서사에서 인물을 만들어내고 욕망을 실현할지 실패로 이끌지 뭐든 선택할 수 있는 신. 신

이 되지 못한 나는 조각가가 되어 끌과 망치를 든다. 나에게
왔다 간, 머무는 빛과 그림자를 문장으로 새긴다.

들리는 것과 듣는 것은 달라서
누구는 절망에 누구는 환희에 누구는 안도에 그러나 나는 사
랑에

모두 함께 겹을 쌓아 모아 내뱉는 희고 검은 숨과 휘몰아치는
격정에
눈이 붉어진 침묵이 눈을 감고 읊조린다

이것은 고립
이것은 치유
이것은 환락
이것은 천국
이것은 신의 합창을 듣지 못한 인간들의 기도
-우리는 아무것도 모르고 몰라서 모르기 위해서
그들의 말에 드디어 양의 내장을 뜯어말린 현의 울림이 대답
한다
-너희들은 가련하고 가련해서 가련하기 위해서

침묵이 눈을 뜨는 사이

소리는 제 몸의 선과 면을 갈라
나에게로 또다시 나에게로 얼굴을 기대고
나를 들으렴 나를 안으렴 나를 쓰다듬으렴
나를 먹어 너를 채우렴
이제 나는 침묵처럼 눈을 감고

음악을, 떨리는 진동을 흐르는 어둠의 공명을
입으로 삼킨다

　자리에서 일어서서야 끌과 망치를 내려놓았다. 음악은 여전
히 흐르지만 곡의 제목은 알지 못했다.

당신의 바다는 안녕하신가요

밀려드는 물이 경이롭다. 물은 자신이 만들어 낸 자국을 스스로 지우며 불규칙한 리듬에 맞춰 잠시 머무르는 듯하더니 이내 더 가까이 다가와 당신의 발목 아래 길게 호를 그리며 조금씩 영역을 넓힌다. 당신은 한 걸음 뒤로 물러선다. 철썩, 한 걸음. 지구의 거대한 푸른 수조가 당신과 술래잡기한다. 철썩. 셋으로 이어질 두 걸음.

물은 달이 끌어당기는 만큼 몸을 살랑이며 확장시키고 푸른 물은 또 어딘가에 부딪혀 하얀 거품을 낸다. 흰 포말은 바다의 상처라고 당신이 되뇔 즈음 하늘은 순식간에 어두워지고 곧 비를 쏟아낼 듯 으르렁거린다. 순간으로 몸을 던져 바다에 닿는 비. 당신은 뭍으로 뛰어가 나무 지붕 아래에서 일렁이는 물을 관찰한다. 같은 물인데도 빛과 농도, 깊이, 그리고 충격에 따라 다른 색을 보인다. 암녹색, 검은색, 암청색, 연하늘색, 연회색, 잿빛, 흰색. 무수히 많은 색이 물에 담겨 일제히 당신에게 다가가고 문득 당신은 그 색과 선으로 무엇을 할 수 있을까를 생각한다. 이 경이로운 순간을 어떤 도구로 어떤 사물에 담을 수 있을 것인가 고민한다. 당신은 늘 그랬다. 어떤 순간이나 감각을 어딘가에 그대로 남기고 싶었다. 그것은 당신의 본능에 가까운 것으로 세상의 경이를, 감사를, 상실을, 사랑을, 안부를, 변화를, 시간을, 단상을 아로새기고픈 욕구였다. 전갈과 황소, 별자리들을 그림으로 기록했다는 최초의 구석기 인류처럼 당신 역시 당신이 보고 느끼는 무엇인가를 그대로 옮겨두고 싶었다. 그렇기에 당신은 집중했다. 마크 로스코Mark Rothko의 한 폭의 그림처럼 뚜렷한 경계도 없이 푸른 계열이 퍼지듯 배인 물과 하늘, 펄떡이는 생의 환희에 요동치는 생명들, 비와 바다가 부딪히는 소리, 구름의 이동에 따라 쏟아지는 비의 양 같은 것에.

어느 날 당신은 그날 본 바다의 그림을 그리고, 또 다른 어느 날의 당신은 모래 위를 구르던 작은 돌멩이의 석고 모형을 뜬다. 당신이 할 수 있는 소묘와 소조, 감각을 총동원시켜 하나의 예술을 만들어 낸다. 그러나 각각의 그림과 모형을 완성한 뒤 당신은 좌절한다. 그것은 그날의 아주 미미한 일부일 뿐이다. 당신이 감각한 물의 전신이나 빛이 조금도 가닿지 못했다. 그들은 모두 어디로 사라진 걸까. 얼굴을 간지럽히다 휘몰아치던 바람, 흩어지다 다시 껴안던 구름, 참지 못한 울음처럼 쏟아지다 그치던 비, 비명에 가까운 사람들의 웃음, 푹푹 빠지던 운동화의 감각, 그날의 호흡, 자꾸만 얼굴을 숨기던 태양은 도대체 어디로 갔을까. 어떻게 하면 그것들을 담을 수 있을까. 당신은 생각했다. 자연은 언제나 실험적이고 인간의 상상을 뛰어넘는다. 그러니 당신이 할 수 있는 것이라고는 그것을 그대로 재현해 내는 것이란 말이다. 그러나 그것 역시 쉽지 않다. 당신은 어떤 도구나 말로도 그날을 그대로 재생시킬 수 없다. 불가능하다. 영상의 미장센으로도 부족하다. 인간의 오감을 설득하기에 그대로서의 재현은 한계가 있었다.

구름에 완벽한 형태란 없다. 물은 담는 그릇에 따라 색과 모양을 달리한다. 어느 하나 똑같은 거미줄의 구획도 없고 물고기 지느러미도 없다. 자연만큼 실험적인 조물주는 없다. 바다, 흙, 지구, 우주, 머나먼 은하계. 창조물의 항아리 안에서 당신은 어떤 영감을 얻었던가. 각자 다른 형태와 물질의 행성과 흙의 입자, 물과 뭍의 생태에서 당신은 무엇을 느꼈던가. 한계 없는 가능성과 다양성, 수많은 시도, 정답과 오답의 부재를 당신은 과연 읽었던가. 당신은 다시 생각에 빠진다.

깔끔하게 당신이 지향하는 바를 포기하면 편하겠지만 예술은 당신의 본능이다. 인간은 본능을 버리고 살 수 없으니 어떻게 타협할지, 어떻게 보여줄지, 어떤 말을 전하고 싶은지를 헤아린다. 미국의 시인 메리 올리버Mary Oliver는 '문학의 최고 효용은 제한적인 절대성이 아니라 아낌없는 가능성을 지향한다.'고 썼다. 당신은 이 문장에서 문학을 예술로 바꾼다. '예술의 최고 효용은 제한적인 절대성이 아니라 아낌없는 가능성을 지향한다.' 고정된 시각을 비틀어 다양한 각도에서 지긋이 바라보기로 한다. 있는 그대로가 아닌 당신의 해석으로 바다를 채우기로 한다. 당신은 그날에 다시 한번 몰입하고 재배열한다. 물의 은빛 몸, 푸른 물의 축적 혹은 파열, 시적인 시간, 물질세계의 허상, 이동하는 날씨, 달의 인력과 순환, 당신의 실험대에 새로운 언어가 탄생하고 그들은 당신의 예술 안에서 춤을 춘다.

 이제 당신은 안다. 하나의 태양에서 쏟아지는 빛은 무수히 많은 면과 온도에 부딪혀 조각나고, 조각난 빛은 절대 같지 않다. 열 명에게는 열 개의 태양과 열 개의 바다가 있다. 혹은 그 이상일지도 모른다. 당신은 푸른 태양을, 보랏빛의 태양을, 때로는 분홍빛의 태양을 만들기를 시도한다. 당신에게 떨어진 빛의 조각으로 당신만의 예술을 만들기로 한다. 그것은 하나의 문장 혹은 점, 휘날리는 천이거나 두 개의 색이 될 수도 있다. 여전히 당신은 실험한다. 당신은 당신의 감각이 타인에게 닿을 때까지, 당신의 전율이 타인에게 옮아 붙을 때까지 그치지 않을 것이다. 단지 하나의 빛 조각일 뿐이지만 그것을 상대에게 어떤 방식으로 전할지 고민하고 고민할 것이다.

그리고 당신은 여전히 기억한다. 그날 쏟아지던 비와 바다의 진동이 그친 뒤 저 먼 하늘의 끝에서 무지개가 떴다. 지구 대기와 비가 남기고 간 물방울이 빛에 부딪혀 다른 파장의 빛깔로 분리된 결과였다. 공기와 수분과 빛. 단순한 일상의 원소들이 하나의 상징, 색의 향연이자 감동으로 광휘했다.

그것은 당신이 생각하는 실험 예술, 아니 예술 그 자체였다.

mit와 ohne

「주재료가 없는 불가능한 요리는 결국 주재료가 없이는 불가능하다고 판명되었다. 게다가 나는 독일어 메뉴판에서 요리 mit 주재료를 요리 ohne 주재료로 오독하기까지 했다. 내 마음대로 잘못 읽었다. 나는 처참하게 실패했다. 그들은 손가락을 씹으며 비아냥거렸다. 자, 마술을 계속해보라고.」

윤경희, 『분더카머』, 문학과지성사, 2019

다른 설명은 없었다. 주석도 번역도. 그저 앞뒤로 연결된 단어들 사이에 mit와 ohne만 덩그러니 놓여 있을 뿐이다. 차분하고 낮은 내레이터의 음성 너머 정물처럼 놓인 푸른 눈의 단어, mit와 ohne. 요리와 주재료라는 단어 사이에 배치된 저들은 어떤 의미를 이룰까. 앞뒤에 명사가 있으니, 품사는 조사나 전치사가 되려나. 미트와 오너 mit와 ohne. 마치 영화 제목 같아. 그런데 내가 처음 봤던 독일 영화가 베를린 천사의 시 Der Himmel über Berlin였던가 노킹온헤븐스도어 Knockin' on Heaven's

Door였던가. 실처럼 이어지는 생각 사이 사전으로 알아본 mit 는 with, ohne는 without이었다. 단순하고 의외인 의미. 아니 어쩌면 당연한가. 명백한 오독을 위해서는 단어 하나가 문맥을 전혀 다른 흐름으로 바꿔야 할 테니.

책의 면을 찍어 독일에서 생활했던 형에게 보냈다. 새벽이었다.

독일어는 악마가 만들었다는 말이 있습니다만. 그렇게 말한 건 형이었던가.

대학시절 프랑스어를 배우다 언어의 근원적인 차이에 머리를 쥐어뜯은 적이 있다. 이유는 익숙하지 않은 언어가 아닌 각이 다른 시야와 세계를 습득하고 분류해야 하는 감각 때문이었다. 예를 들면 바다라는 뜻의 라 메르 La mer. 프랑스어에는 정관사가 세 개로 여성 단수 앞에는 la, 남성 단수 명사 앞에는 le, 남여성 복수명사 앞에는 les가 붙는다. 바다는 여성 명사라서 La mer. 그 외에도 la lune, la folie, le jour, le fleuve, la pomme. 그들의 성별이 정해지는 이유나 차이는 모르겠지만 어쨌든 프랑스어 명사에는 여성형이 있고 남성형이 있고 그에 따라 관사는 물론 동사까지도 변형해야 한다는 것을 배웠다. 수학 공식을 대입해 미지수처럼 풀어야 하는 언어. 그 한 학기 수업 내내 몰라요 Je ne sais pas만 열렬히 외쳤던 기억이 난다. 숫자도 모르고 계절도 모르고 월요일도 모르고 미래도 모르고.

  몰라요. Je ne sais pas.

  저는 아무것도 몰라요. Je ne sais pas.

  그런데 독일어 사정은 더했다. 거기에 중성명사까지 더해
진 것이다. 여성형 남성형 중성형. 게다가 명사에 따라 동사
가 변형하고 분리되기까지 하는 언어라니. 언젠가 독일은 아
기가 태어나도 출생신고서에 바로 성별을 써넣지 않아도 된
다는 말을 들은 적이 있다. 간성으로 태어난 이들을 위한 배
려로, 성별이 공란인 아기는 나중에 스스로 성별을 정할 수
있다는 것이다. 너의 정체성은 타인이 아닌 네가 정하도록 하
렴, 너의 생과 방식은 네가 살렴, 그런 마음. 물론 악마가 그
런 자상한 마음으로 중성형 명사를 만든 건 아니겠지만.

  이른 아침 형에게 대답이 왔다.

mit은 3 격 전치사, ohne는 4 격 전치사, 둘은 격도 다르죠.
mit dir - 너와 함께
ohne dich - 너 없이

  3격 전치사와 4격 전치사. 외계에 빙의한 언어인가. 전혀
알 수 없는 문법이었지만 그 아래 친절한 예시를 보다 순간,
뭔가가 일렁거리는 느낌이 들었다. 너와 함께 mit dir , 너 없

이 ohne dich. 우리나라 말로는 어느 다를 것 없이 같은 '너'지만 독일어에서는 '너'마저도 변한다. 나와 함께 있는 너와 나와 함께 있지 않는 너는 다르다. 머리칼도 표정도 옷차림도 웃음도 전부 다르다. 아니 그보다 더 근원적인 뭔가가 달라졌을 것이다. 시간과 상황과 상대에 따라 상대적으로 변하는 것들, 결국 이 모든 것들. 너와 함께 있는 나와 너 없는 나, 그녀가 혼자 타던 자전거와 그가 이른 저녁 홀로 바라보는 달, 그들이 걷는 한낮의 숲길. 인칭에 따른 동사 변형은 주체가 상대를, 그러니까 곁에 있는 대상의 형태와 상태를 바꿀 수도 있음을 말해주는 것이 아닐까. 그것이 변환하고 떨어지는 동사로 나타나고, 그러니 어쩌면 악마는 인간의 그런 세밀한 마음을 잘 알았던 것이 아닐까.

mit dir , ohne dich.

너와 함께인 나와 너 없는 나. 그때마다 나도 다르고 너에 따른 나도 다를, 그대로 시가 될 언어들. 아마 나는 프랑스어든 독일어든 다시 배우려는 생각을 하진 않겠지만 그런 언어를 배우고 난 뒤에 사람은 어쩌면 달라질지도 모르겠다. 뭐 그런 생각을 했다. Je ne sais pas. 결국은 또 아무것도 모르겠지만.

133

유민에서

사월의 바람을 맞으며 섬의 끝에서 단어들을 적었다. 창백한 콘크리트 미술관 안이었다. 들리는 것, 보이는 것, 연관 없이 떠오르는 것. 하나둘 적으니 천 걸음도 걷기 전에 작은 화면이 낱말로 가득 찼다. *내가 사유하는 것은 나를 설명한다.*

간혹 낱말이 문장이 되는 순간에는 잠시 서서 문장의 형태를 바라봤다. 주어와 부사, 동사를 뜯어보고 그것들이 어디에서 왔나를 고민했다. 회색 선이 만들어낸 세계 안에서 단어들과 호흡했다. 각개의 순간은 모음과 자음을 타고 단층처럼 내 안에 쌓였고 나는 발화되지 않은 단어들이 되어 잠기거나 떠올랐다.

몇 개의 유리로 만들어진 램프 앞에서는 잠시 호흡을 멈췄다. 인간이 만들어 낸 아름다움이 새로웠고 빛이 통과하는 유리만큼 조명에 적절한 물질은 없을 거라 생각했다. 안도 다다오의 건축물과 램프의 양식이 지향하는 바는 다를 테지만 둘

다 자신의 작품 안에 자연을 담아 경의를 표했다. 외부에서 오는 것 가운데 빛만큼 위대한 것은 없지. 낮게 속삭이며 그들 모두 빛과 자연을 품고 있었다. 홀로 위대한 것은 아무것도 없었다.

둥근 홀 안을 걸을 때마다 발소리에 공간이 진동하고 울렸다. 공간의 울림, 이라고 나는 적었다. 일순간의 감각이 다섯 글자에 축소되어 담겼다. 가능하면 그곳에서의 모든 것을 글자로 담고 싶었다. 지나치는 단상을 글자로 이루어진 선으로 칭칭 매어 내 안에 두고 싶었다. 나는 계속 썼다. 높은 벽을 지나자 소리가 멈췄다. 멈춘 것처럼 조용했다. 소리는 폭력적이고 청각은 수동적이다. 곡선의 귓바퀴가 무작위로 소리를 모아 고막을 통과시키면 듣고 싶지 않아도 소리를 거부할 방법이 나에겐 없다. 벽이 그것을 막았다. 벽, 이라고 쓰고 뒤에 소음의 침묵이라고 썼다. 그러나 그것은 동시에 고요이자 고립. 소리가 듣고 싶을 때 따로 빼내어 들을 방법이 나에겐 없다. 아무리 간절해도 그리운 소리를 듣지 못하는 순간은 너무나도 많다. 모든 것이 순간으로만 남을 수 있도록 감각이 허락한 이유다.

모인 단어들이 한 더미가 될 즈음 나는 마지막 문만을 남겨두었다. 어두운 실내에는 숨겨진 조명과 버섯 모양의 램프만이 밝지 않은 빛을 내고 있었다. 그들은 그들을 만든 이들이

죽고서도 그곳에 남았다. 아마 내가 죽고서도 그곳에 있을 것
이다. 내가 나열한 단어도 나보다 더 오랜 생을 살게 될까. 누
군가 그것을 알아볼까, 주워 갈까, 금방 사라질까. 어느 쪽이
든 괜찮을 일이다. 나는 다만 내가 가진 단어들을 손에 꼭 쥐
었다. 그것으로도 충분했다.

　문을 여는 순간, 더 이상 적지 않기로 한다. 그들 곁에 미처
담지 못한 낱말을 두고 갈 것이다. 이 모든 단어를 두고 그저
바람 속으로.

〈수집한 단어 목록〉
청보리밭, 정갈한 바다, 콘크리트 덩어리, 직선의 춤, 현무암
의 조각, 누워 있는 머리칼, 몸을 날리는 바람, 갈대, 낯선 새
의 울음, 몸을 둥그렇게 마는 공벌레, 동백, 갈대가 스치는 소
리, 비 선험적 경험, 검은 돌담, 유속, 물의 진동, 빈 집, 공
간의 울림, 지하의 여신 페르세포네, 잘린 하늘, 하현 망간
의 달, 평등한 복도, 그림자, 계단, 아르누보, 시야에 들어오
는 모든 사물의 조각, 야생화, 지하, 지니어스 로사이(Genius
Loci 그 땅의 수호신), 이 모든 등이 켜진 방을 상상한다, 모
든 것에 상상할 자리를 남겨둔다, 죽은 무희, 폐쇄와 개방, 명
상, 회색 미로, 빛과 어둠, 벽, 소음의 침묵, 고요, 고립, 돌 틈
사이, 원 안의 사각형, 간접 조명, 차가운 표면, 1902, 성산일

출봉, 초록 유채, 램프의 방, 청년과 장년에서 노년으로의 인
간, 문명.

새들의 비행

그런 말을 들었어요. 왜 새들이 비행할 때 V자 대형을 이루
잖아요. 그런데 그 비행이 실은 모두 한 번에 날아오르는 게
아니라, 점점의 개체가 때가 되어 나는데 날다 보니 함께였다
는 거죠. 마치 고속도로에 많은 차들이 같은 도로 위를 달리
지만 모두 한 장소에서 출발한 게 아니듯 새들도 각자의 비행
을 한다는 거예요. 각자의 생활을 하다가 각자의 시간이 되어
길을 떠났는데 어, 너도? 하면서 만난다는 거. 재미있지 않나
요? 우두머리 새가 호각을 불며 자, 나를 따르라! 해서 나머
지 새들이 주섬주섬 짐을 챙겨 떠나는 것보다 그편이 더 좋
지 않나요? 저는 그렇더라고요. 맞아요, 저는 그 이야기를 들
으면서 안심한 건지도 몰라요. 관계나 무리에 서툰 게 나만은
아니구나. 인간만은 아니구나. 다행으로 여겨졌어요.

저기, 썰물이 지나간 자리에 물비늘처럼 반짝이는 새들이
보이나요? 심해의 자잘한 물고기가 큰 형태를 이루듯 하나의
신체를 가진 바람의 춤처럼 일렁이는 저 새들. 물살을 가르듯

좌우로 몸을 틀며 공기에서 유영하는 열렬한 생명체들. 그들이 한꺼번에 날개를 구부리거나 펼칠 때 비치는 흰 빛의 더미가 보이나요. 혹, 새 등에 반사된 빛의 향연이 물 위에서 일순 개기일식처럼 침전할 때 당신도 숨을 참았나요. 눈속임이라는 듯 그윽이 그들이 하늘에 다시 오를 때서야 당신도 간신히 숨을 뱉을 수 있었던가요.

멀어서 확실하진 않지만 아마도 저 새들은 마도요일 거예요. 그냥 서 있을 때의 마도요는 알락꼬리마도요와 헷갈릴 수도 있지만 날아오를 때를 보면 알아요. 날 때 등에서 꼬리까지 흰빛을 띠는 건 마도요거든요. 갯벌에 가만히 서 있을 땐 설핏 비슷하다가도 비상하게 되면 전혀 다르죠. 마도요는 흰 무리, 그러니까 좀 전에 본 윤슬처럼 반짝이니까요. 시간이 괜찮다면 옆에 비치된 망원경으로 물가를 자세히 봐도 좋아요. 저는 처음 망원경으로 마도요를 봤을 때 그 탁월한 신체 구조에 감탄했어요. 다리가 길어 물 빠진 갯벌에서도 쑤욱 쑥 잘 걸어 다니고 긴 부리는 그 속의 작은 미물을 찾기에 적합하지요. 저어새는 어떻고요. 넓적한 주둥이를 얕은 물속에 넣고 휘휘 적는 그 모습이라니요. 다른 종의 새들이 한데 모여 소리를 내고 먹고 다리를 접어 쉬는 모습을 보며 나도 그 곁에 끼고 싶다고 생각합니다. 살짝 젖은 모래에 타월을 깔고 누워 그들을 한없이 바라보는 상상을. 바로 '공존' 그 자체의 단어를요.

물때가 되어 먼 곳의 새들이 날아오르고 있어요. 곧 여기로 먹이를 먹으러 오겠지요. 마도요, 알락꼬리마도요, 청다리도요, 저어새, 백로, 갈매기. 저기 붉은 가슴 도요도 보이는군요. 멀리서 보면 그냥 '새'인 것들이 가까이 들여다보고 이름을 외우면 낱낱의 개체가 되어요. 인간 내에서만 의미 있던 관계가 새로 자연으로 뻗어나가죠. 그들의 소리, 날갯짓, 꽁지깃의 색으로 그들을 알아봐요. 그렇게 되면 결코 혼자일 수 없습니다. 혼자 살 수 없어요. 멀건 가깝건 알고 나면 결코 이전으로는 돌아갈 수 없어요.

아, 다시 마도요가 비행합니다. 저들이 그리는 무늬는 무엇을 의미할까요. 의미가 있나요, 의미가 있어야만 할까요. 누구에게의 의미일까요. 자신의 시선에서 의미가 없는 것을 버티지 못하는 건 인간뿐일까요.

그들은 겨울에야 이곳을 떠날 거예요. 누구의 호각 소리도 없이 한데 모여 V를 이루고 다른 종의 새들과 섞여 함께 날아가겠지요. 길을 잘 아는 새들이 앞에서 안내하고 맨 끝에서는 바람의 저항을 덜 받기도 하며 각자의 비행을 할 거예요. 각자의 자리에서 각자의 시간을 따라 함께하는 비행을요.

나의 작은 그들에게 바치는 글

 흰빛이 발광하는 화면을 멍하니 바라보다 보면 그들의 소리를 들을 수가 있어요. 아주 작고 작은 그들이 내는 하나의 화음, 혹은 무한히 이어지는 비둘기의 합창 같은 소리를요. 꾸꾸루꾸꾸 꾸꾸루꾸꾸 cucurrucucú cucurrucucú마치 몇 마디의 도돌이표로 반복되는 소품곡처럼 그들의 노래는 낮게 울립니다. 처음에는 미처 알아차리지 못할 수도 있어요. 그들은 너무 작고 그들의 목소리는 한참을 귀 기울여야 간신히 들릴 정도로 무음에 가까운 진동과 음을 지녔으니까요. 그래도 그들은 노래합니다. 누가 듣지 않아도 상관하지 않아요. 그들의 노래는 들려주는 것이 아닌 부르기 위한 것이니까요. 제 일을 즐기는 자가 흘리는 콧노래 같은 것이지요.

 그들은 화면 앞의 당신을 이미 알고 있습니다. 지난 당신과 다가올 당신까지도요. 그러나 그들은 어떠한 단정도 평가도 짓지 않아요. 다만 그랬고 그렇고 그러리라는 것을 알고, 그대로 둡니다. 오로지 당신이 그것을 어떻게 여기는지, 그리고 그것을 어떻게 써나갈지 지켜보지요.

 고개를 돌릴 때 스치는 당신의 눈빛을, 자판에 손을 올리는 당신의 주저를, 일렁이는 문장들 끝에 터지는 작은 한숨을 그들은 지나치지 않습니다. 당신이 환한 글을 낄낄거리며 적을 때 그들은 알맞은 자음과 모음을 고르며 함께 유쾌한 춤을 추고, 당신이 언젠가 묻어 둔 침잠한 기억을 간신히 꺼내 적을 때 그들은 당신의 떨리는 손등과 손가락을 가만히 끌어안아요. 그저 우리가 보지 못할 뿐 그들은 우리의 문장과 호흡을 조금도 놓치지 않고 곁에서 지켜봅니다. 조금이라도 당신이 그로 인해 더 가벼워지기를, 더 멋진 문장의 성 城이 완공되기를 누구보다 바라면서요.

 간혹 그들은 자신들의 작은 몸에 맞는 넉가래나 삽, 바늘과 실을 들고 서로의 의견을 내놓기도 해요. 이 문단은 이런 식으로 나아가는 게 어떨까, 문장을 조금 가볍게 가도 좋을 것 같은데. 그들끼리 의논하기도 합니다. 모두의 의견이 일치해서 아, 이건 아닌데 싶을 때는 당신도 모르게 살짝 오타를 집어넣기도 해요. 다 함께 손가락을 미끄러트려서 말이지요. 하지만 그런 일이 자주 있진 않아요. 그들 모두 같은 문장을 읽지만 각각 다른 주장과 감상을 하거든요. 당신이 지난밤 써놓은 글을 두고 어떤 작은 이는 평범하고 뻔하다고 하지만 또 어떤 작은 이는 그래서 좋다고 해요. 그들은 그런 서로의 의견을 존중합니다.

하지만 그들 모두가 둥글게 손을 잡고 골몰할 때가 있습니다. 바로 당신이 페이지 맨 앞단에서 점멸하는 커서 cursor를 두고 무력하게 응시할 때이지요. 당신은 두렵기도 괴롭기도 합니다. 무엇을 어떻게 써야 할지 난감해해요. 그럴 때 그들은 모입니다. 모니터 뒤, 자판 옆, 당신이 쌓아둔 책 위에 흩어져 있던 그들이 한 군데에 모여요. 바로 당신의 앞, 희게 빛나는 화면 아래 어딘가에서 머리를 맞대고 고민합니다. 삽을 든 작은 이는 주로 먼저 흰 여백을 치우자고 말하는 쪽입니다. 눈을 밀어내듯 흰 공간을 어떤 문장으로든 가득 채우자고요. 백지는 인간을 슬프게 할 뿐이니 뭐가 됐든 치우자고, 쌓인 눈처럼 흰 공백을 밀어내자고 말합니다. 다들 고개를 끄덕입니다. 일리가 있는 말이지요. 그러나 곁에 선 또 다른 작은 이가 아니야, 라고 말해요. 그의 손에는 실과 바늘이 있습니다. 이전에 쓰고 버린 글들을 다시 한번 이어 보는 건 어떠냐고 합니다. 지나온 문장을 씨줄과 날줄을 다듬듯 엮으면 새로운 멋진 글이 나올 거라고요. 또다시 고개들이 끄덕입니다.

만약 당신이 어떤 글을 쓸지 고민이 될 때면 기억하세요. 당신은 절대 혼자 고뇌하지 않아요. 그들이, 작은 손을 모으고 작은 머리를 데굴데굴 굴리며 당신이 꺼낼 첫 문장을 누구보다 고민하고 기다리고 있으니까요.

아마 당신은 문득 어떤 단상이나 문장이 불현듯 떠오른 경험이 있으실 테지요. 단 한 번도 생각하지 않던 구상이 한낮의 번개처럼 느닷없게 번쩍, 하고 찾아온 경험이요. 그럴 때 숨을 죽이고 가만히 멈추면 그들을 발견할 수도 있을지도 몰라요. 꾸꾸루꾸꾸, 화음 섞인 합창 혹은 낮게 낄낄거리는 웃음이나 아지랑이처럼 일렁이는 움직임, 아주 작은 그들을요.

그들이 보고 싶나요.

그러면 일단 앉아요. 문자 곁을 지나던 그들이 당신 곁에 하나둘 자리를 지킬 거예요.

그리고 쓰세요. 홀가분해진 당신의 얼굴은 그들의 춤이 됩니다.

저는 이제 마지막 문장을 쓰려고 합니다. 그리고 긴장을 풀고 키보드 사이사이에 앉아 있는 그들을 향해 웃어요. 내 곁에서 단어와 문장을 함께 적어 내린 그들에게 보내는 나의 작은 인사입니다.

나는 내가 쓴 글을 눈처럼 사랑하고 싶다

내가 쓴 글을 사랑하고 싶다. 차마 읽지 못해 빛에 비추고 만지작거리는 다정한 편지처럼. 마지막 페이지를 덮고 싶지 않아 유예하는 독서처럼. 눈 오는 날 몸을 둥글게 말고 한낮의 잠을 청하는 고양이의 게으름처럼. 내가 쓴 글을 누구보다 사랑하고 싶다.

계절을 달력이 아닌 몸으로 느낀다. 겨울이면 어김없이 몸이 굳고 열이 난다. 그리고 그 핑계로 글을 멀리한다. 아니, 글을 멀리하진 않는다. 쓰는 것을 멀리하고 읽기만 한다. 지금은 비비언 고닉의 『멀리 오래 보기』와 아니 에르노의 『바깥 일기』, 록산 게이의 『헝거』를 읽고 있다. (어쩌다 다 여자 작가다) 선명하고 날카로운 글에 베일 듯 조심히 책장을 넘기면서 역시 책이 참 좋구나, 하고 생각한다. 작가의 새로운 시선과 해석, 차고 흐르는 지적인 사고를 이렇게 쉬이 접할 수 있다니. 이런 글들이 아니었으면 나라는 사람은 조금도 나아지지 않았을 거란 생각도. 그런데 희한하게 읽고 있는데도 읽고 싶은 책들이 늘어난다. 책에서 나온 책들, 책에서 나온 책을 검색하다 알게 된 책들, 작가의 다른 책들. 한동안 동면에 든 곰처럼 동책 冬冊에 들지도 모르겠다.

섬에 한나절 눈이 내린다. 아침부터 내리더니 늦은 오후까지 쉬다 말다 할 뿐 그칠 생각은 없다. 정오쯤 요가를 다녀오며 눈을 밟았다. 발아래에 뽀득대는 소리와 우산 위 서걱대는 소리. 문장 속에 눈이라는 단어를 쓰고 싶지 않다고 생각하면서도 아마 그럴 수는 없겠다고 또다시 생각한다. 이것은 압도다. 희고도 빛나는 다각의 결정에서 나는 결코 벗어날 수 없다. 흰 눈이 동공을 채운다. 눈을 감아도 눈은 내 두 귀를 놓아주지 않는다. 그리고 눈의 옅고 차가운 장밋빛 냄새. 그것은 욕망처럼 나를 씹고 핥고 삼킨다. 눈은 내 안에서 휘몰아치고 나를 희롱한다. 넌 나에게서 벗어날 수 없어. 나의 아름다움에게서.

눈 설 雪. 부수는 비 우 雨에 그 아래 돼지머리 계 크가 있다. 웬 돼지머리 계, 하며 찾아보니 그 한자가 아니라 살별 혜 彗의 축약 버전이라고 쓰여 있다. 그래서 원래 글자는 설雪. 살별 혜는 혜성과 빗자루를 뜻한다고, 그래서 비 혜라고도 부른다고도 한다. 혜성처럼 떨어지는 비. 물방울이 아닌 형태를 지니고 하늘에서 가득 떨어지는 비. 이 글자를 맨 처음 만든 사람은 눈을 그렇게 본 것일까. 환한 낮에 떨어지는 혜성의 빛이라고.

참, 돼지머리 계는 고슴도치의 머리라는 뜻도 있다. 고슴도치의 작고 뾰족한 머리통 위로 눈이 쌓이는 상상을 하니 귀엽다. 부르르 떨어도 가시 사이에 남아있을 흰 雪.

고마운 사람이 선물한 몽크 사탕을 우물대고 있다. 오늘도 쓰려던 글은 쓰지 못했고 곧 저녁이니 쓰지 못할 것이고 내겐 자기 전 한 시간 정도 책 읽을 여유만 간신히 남아 있을 것이다. 눈은 그때까지 내릴까. 어두워도 자신을 끊이지 않게 드러낼까.

내가 너의 시야에서 사라진다면 너는 나를 사랑하지 않겠지. 나를 보지도 듣지도 맡지도 않을 테니까.

아니야. 이미 너는 내렸고 내리고 내릴 것이니까.

처음으로 돌아간다. 내가 쓴 글을 눈처럼 사랑하고 싶다. 저 멀리 새가 난다.

3부

겨울에 가까운

감기

겨울이 싫은 이유가 생각났다. 아니 생각날 것도 없다. 그것
은 여름이 지난 뒤로 옷감에 섞인 고양이털처럼 나에게 내내
들러붙어 있다. 거의 그랬다. 겨울이면 녀석은 지겨운 줄도
모르고 나를 물고 핥았다. 그가 핥고 지난 자리는 이내 온도
와 습도가 변하고 자주 뜨거워졌다.

할짝.

뺨에 닿는 그의 숨결이 뜨겁다. 자, 이거 받아. 줄 게 이것밖
에 없어 미안해, 그러니 이거라도 줄게. 얕고 짙은 몸살과 잦
은 기침, 미열과 고름 같은 염증, 그가 건네는 것들을 주저하
며 받았다. 받지 않은 적도 받지 않을 수도 없다. 두 손이 아
니면 코로 눈이 아니면 목구멍으로 그는 그의 선물을, 그의
사랑을 밀어 넣는다. 숨이 막힐 만큼 나의 가슴을 끌어안고
전신을 애무한다.

나는 그의 사랑을 거절할 수 없다.

숨처럼 밀려드는 그의 존재를 거부할 수가 없다.

한 달 내 젖은 이불처럼 쳐져 있던 나는 오늘에야 생각했다. 겨울이구나. 다시 그가 왔구나. 두껍고 까만 목도리를 두르다 거울을 봤다. 독한 감기에 한참을 시달린 여자가 있다. 그만해. 나 좀 그만 내버려둬. 그러나 아무리 해도 그는 겨우내 나의 살갗에 비강에 내장에 머물 것이다. 계절 하나가 지나서야 나를 떠날 것이다.

털 스웨터, 눈, 크리스마스, 빛, 털모자, 귤 등속의 겨울이 불러내는 무수한 색과 결.

타인의 것은 모르겠다. 그러나 나의 겨울은 오직 감기다. 광기에 휩싸인 사랑처럼 나를 갈망하는 감기.

화요일의 아이

연락을 기다린다. 기다리는 일에는 이골이 났지만 익숙하지는 않아서 마음이 지면에서 살짝 떨어진 채 걷고 앉고 마시다 다시 기다린다. 내가 할 수 있는 건 오로지 기다리는 것뿐, 기다림을 끝낼 수 있는 건 나의 권한이 아니다.

두꺼운 책을 펼쳐 문자와 문자 너머에 있는 세계를 읽는다. 그곳에는 일각수가 살고 늙지 않는 소녀와 늙어버린 소년, 밤꾀꼬리가 나온다. 밤꾀꼬리. 어떻게 생겼을까 하고 검색하다 그 새가 우리가 흔히 아는 나이팅게일이라는 것을, 낮밤으로 울지만 다른 새가 울지 않는 조용한 밤이면 울음소리가 더 울려 밤꾀꼬리라 불린다는 것을 알게 된다. 손끝, 책의 지면으로 옅은 갈색의 새가 우는 진동을 느낀다. 벌려지고 닫히는 부리와 단속적인 호흡에서 놓여난 음이 그쪽 세계의 여름 풀숲과 야트막한 수면에 부딪힌다. 다시 읽기를 이어간다. 언젠가 나는 질병처럼 책에 붙들린다고 일기에 썼다. 지금도 다르지 않다. 책이 놓으면 그제야 나는 놓일 것이다. 한참을 읽다

사슴이 운다, 라는 문장에서 다시 멈춘다. 사슴도 우나, 사슴
도 우는구나. 사슴이 어떻게 우는지 나는 모른다. 생각해 보
니 엄마가 어떻게 우는지도 잘 모른다. 엄마가 우는 모습을
본 기억이 없다. 어쩌면 있을 텐데 잊었을지도 모른다. 기억
하고 싶지 않은 일은 편리하게 망각하는 편이다. 엄마는 어떻
게 울까. 사슴의 울음은 찾아보지 않기로 했다.

　반나절 넘게 비가 왔다. 겨울인데도 비 오는 날이 많다. 마
치 나의 것은 눈만이 아니야, 라고 겨울이 말하는 듯하지만,
눈은 결코 다른 계절을 만나지 못할 것이다. 공정하지 않은
관계는 서럽다.

　책의 한 구절처럼 비가 떨어지는 바다를 보고 싶었는데 그
러질 못했다.

　팔백 장에 가까운 소설을 마침내 사흘 만에 다 읽었다. 책에
서 놓여난 대신 어떤 한 조각이 떨어져 나간 느낌이 들었다.
어딘가 중심부는 아니고 언저리의 것이 탈각된, 그러나 분명
나의 것이었던. 긴 소설을 읽고 나면 종종 그런 기분이 든다.
아쉽고 허무하고 조금 슬프기까지 한 그런 기분이. 소설을 다
읽을 때쯤이면 기다리던 연락이 오겠지 했는데 끝내 오지 않
았다. 이미 해가 졌으니 오늘은 연락이 오지 않을 것이다. 어
쩌면 내일도 오지 않을 것이다. 기다린다고 모든 연락이 오는

건 아니라는 걸 살면서 배웠다.

Monday's child is fair of face,

Tuesday's child is full of grace,

Wednesday's child is full of woe,

Thursday's child has far to go,

Friday's child is loving and giving,

Saturday's child works hard for his living,

And the child that is born on the Sabbath day

Is bonny and blithe, and good and gay.

책의 주인공은 수요일에 태어난 아이였다. 수요일의 아이는 수심이 가득. 머더구스라는 오랜 영국 동요다. 문득 내가 태어난 날의 요일을 찾아봤다. 화요일. 그날의 날씨는 어땠을까, 그녀는 무얼 하던 중에 진통을 느꼈을까 그런 것들을 생각하다가 허기를 느꼈다. 토마토와 레몬, 숙주를 사야겠다고, 짙푸름이 번진 밖으로 나가야겠다고, 두꺼운 외투를 꺼내 입었다. 기다림은 내일로 미뤄질 것이고 기다린다고 연락이 꼭 오지는 않을 것이다.

내일은 화요일이다.

나의 데우스 엑스 마키나

데우스 엑스 마키나Deus ex machina라는 말이 있다. 그리스 3대 비극 작가 중 한 명인 에우리피데스의 연극 해결 방식을 비판하기 위해 아리스토텔레스가 만든 개념으로 이야기가 최고점의 갈등을 겪을 때 짜잔 하고 나타나는 신과 그로 인해 급작스럽게 모든 게 해결되는 진행을 말한다. 갑자기 나타나 모든 갈등을 한큐에 해결하는 신의 손길, 이랄까. 하루키는 노르웨이의 숲에서 말했다. 그런 게 현실 세계에 있다면 일은 편할 겁니다. 정말 편할 겁니다. 하지만 나는 그런 일이 현실에도 종종 있음을 안다. 아무런 필연성도 없이 뜬금없이 등장하여 반칙처럼 해결하는 어떤 무언가가 있음을 분명히 안다. 다만 우리가 무엇을 신이라 여길지, 신이 가진 권능의 한계를 어디에 둘 지에 따라 해결되는 정도는 다르겠지만.

그렇다면 신은 뭘까. 어렸을 때부터 나는 모든 신을 믿었고 신은 어디에나 있다 믿었다. 작은 돌멩이에서부터 내 앞에 마주한 사람까지 신이 될 수 있다 믿었다. 애니미즘에 가까운

이 신앙은 결국 모든 생명과 사물을 신성시하려는 지순한 마음가짐에 더 가까웠던지, 정작 귀신이 튀어나올 것 같은 시골의 캄캄한 밤길을 걸을 때면 아멘, 나무아미타불을 달달 외며 두 손을 꼭 잡았다. 장대한 자연을 외치는 것보다 사람들이 칭송하는 신을 부르기가 더 쉬웠다. 진절머리 나는 현실을 피해 옷장에 숨어 구해주세요, 나를 이 상황에서 구해주세요 울부짖을 때도 그들을 찾았다. 나를 구하는 게 하느님, 부처님, 이웃님, 예수님, 공자님, 마호메드님, 무슨 신이든 상관없었다. 나를 현재에서 벗어나게 해주는 게 신이었다. 귀에 꽂은 이어폰에서부터 잠시 탄 버스, 타인의 눈인사, 하나의 문장으로 남은 책 한 권, 그 모든 게 신이었다. 인간이 만든 신의 이름은 한정되지만 내게 신은 어디에나 있었다.

중학교 2학년 때의 일이다. 당시 아빠를 비롯한 남자들에게서 도망치던 엄마는 나와 동생을 서울 큰외삼촌에게 맡겼고 그 삼촌은 또 우리를 할머니 집에 맡겼는데 그곳은 큰 도시인 상주나 청주로 나가는 버스도 한 시간에 한 대 정도뿐이던 깡깡 시골이었다. 나는 그곳에 이 년 가까이 지내며 일 년에 한 번꼴로 집을 나갔다. 청주로 한번, 상주로 한번. 각각 다른 이유였지만 다시는 돌아가지 않을 마음으로 집을 나갔다. 그러나 두 번째가 있었다는 건 첫 번째가 실패했다는 뜻이고 세 번째가 없었다는 건 두 번째가 성공했다는 이야기다. 그리고 이건 두 번째 나간 가출의 성공에 대한 것이다.

그날 나는 체육 시간이 시작되기 전, 모두가 체육복으로 갈아입고 나가는 어수선한 시간을 틈타 무작정 책가방을 싸서 학교를 나왔다. 전교생 통틀어서 오십 명 남짓의 작은 시골 학교였다. 달랑거리는 책가방을 한쪽 어깨에 기울이듯 메고 뒤도 돌아보지 않고 학교를 벗어나 이차 선 길 건너편에서 손을 흔들고 히치하이크를 했다. 아마도 트럭이었던 차가 한 대 섰고 아무런 주저도 없이 어린 나는 그 차에 올랐다. 두려울 것도 겁도 없었다. 교복을 입고 있던 내게 운전사는 아무것도 묻지 않았다. 덜컹거리며 재를 넘는 시간, 참다못한 내가 먼저 쉴 새 없이 말했다. 괴로워요. 학교에 있는 게 너무나 괴로워 견딜 수가 없어요. 고작 한 학년에 열여덟 명 되는 학급 주제에 우두머리 같은 애가 있거든요, 근데 그 애가 나를 싫어해요. 왜소하고 작은 여자애거든요. 내가 어떤 말을 해도 비웃고 나에게 말을 거는 아이를 조롱해요. 나를 아끼는 선생님을 대놓고 욕해요. 그래서 저는 늘 혼자 칠판을 지우고 혼자 밥을 먹고 혼자 길을 걸어요. 늘 혼자예요. 사람들 사이에서 오는 고립이 미치게 고통스러워요. 뭐, 그런 말들. 인간은요, 손목을 그어도 죽지 않아요. 어두운 교회 안에서 신에게 빌었어요. 당신이 나를 아낀다면 나를 구원하라고요. 어디론가 나를 데려가달라고요. 그러나 저는 제자리였어요. 다음번 교회에 갔을 때 제 손엔 커터 칼이 있었어요. 손목을 그었죠. 붉은 피가 났어요. 그래도 살아요. 인간은, 그래도 살아요. 역시 그런 말들.

가출이 이사로 이어지고 이 년쯤 지났을까 나를 열렬하게 괴롭히던 아이에게서 편지가 왔다. 소름이 돋고 오한이 밀려왔다. 미안해. 네가 부러웠어. 괴롭혀도 고개를 빳빳이 드는 네가 미웠어. 난 편지를 찢어 쓰레기통에 버렸다. 용서는 그렇게 쉽게 비는 게 아니야, 용서는 이렇게 간단하게 되는 게 아니야. 넌 아무것도 모르는구나. 난 그 아이가 측은했다.

다시 그에게 고백하던 시간으로 돌아가 어설픈 기억을 더듬자면 그는 땅인 듯 그저 묵묵히 비처럼 쏟아지는 말들을 받아들였다. 어떤 말도 없이 고개를 끄덕였다. 침묵은 때로 그 앞에 선 존재를 긍정하기도 한다는 것을 나는 그때 처음 알았다. 차에서 내리며 가방에 달려있던 작은 키링을 선물했다. 고마움을 표할 게 그것밖에는 없었다. 잠시 신이 되어준 그에게 줄 것이 나에겐 인형 키링밖에는 없었다. 그렇다. 그는 그 순간 내게 빛나는 신이었다. 나를 긍정하고 구원해 준 사람이자 한 번에 지옥 같은 나락으로도 떨어트릴 수 있던 신, 어두운 교회 안 부름에 늦게야 응답한 나만의 신이었다.

나는 작은 것들의 힘을 믿는다.
서로에게 건네는 따뜻한 온기를 믿는다.
오래된 가구의 광택을 믿는다.
낮게 날아온 나비의 방향을 믿는다.

인간이 신을 이름 짓고 각자만의 해석과 말을 붙이듯 나는 나의 신을 창조한다. 그리고 그 신은 나를 지키고 어느 순간 나에게 나타나 데우스 엑스 마키나를 실현한다. 나의 신은 거창하지 않은 탓에 해결 범위가 작거나 소소하지만 나는 그들의 힘을 믿어 의심치 않는다. 나에게 신은 어디에나 있고 나는 그들을 만나 구원받는다. 하늘이 아닌 현실의 내 자그만 신들은 하찮고 사소한 것들을 돌본다. 그러나 그것은 다시 말해 하찮고 사소한 것들에도 가만히 마음을 담아 돌본다는 말이다. 나의 신은 기적보다 흔하고 안부만큼 다정하다.

　나의 신은 어디에나 있다.

소명 召命 커피바

갈빛 쇠기러기 무리가 머리 위로 날았다. 큰 날갯짓으로 하나의 대형을 이뤄 하늘을 가로지르는가 싶더니 벼를 다 베어 낸 논에 날개를 잠재워 앉는다. 푸드득, 날개는 더 긴 비행을 원하지만, 겨울이 끝날 무렵까지 그들은 이곳에 머물 것이고 긴 목을 더듬어 이곳의 지리를 냄새를 온도를 기억할 것이다. 겨우내 오고 가는 길에서 마주한 모든 것들을 사랑할 것이다.

소명과 사명은 무엇이 다르다고 생각하나요.

기러기 무리에서 멀지 않은 카페에서 사장이 등을 보이며 물었다. 내가 주문한 라테의 우유 거품이 스팀 피처 안에서 차오르는 순간이었다. 우유가 휘몰아치고 서로 부딪히는 소리를 들으며 지금껏 단 한 번도 생각지 않은 문장을 곱씹었다. 소명, 사명, 소명, 사명, 소명, 사명. 두 개의 단어를 도돌이표처럼 반복하니 소명도 사명도 아이들 말장난 같다. 나는 말했다.

일이 움트고 시작되는 방향이 아닐까요. 내 의지가 이끄는 일인지 누가 나에게 부여하는 일인지.

그는 말했다.

그것도 맞겠지요, 그러나.

순간 사람들이 우르르 카페 안으로 들어서서 우리의 대화는 자연스럽게 그쳤다. 카페에서 소명과 사명보다 중요한 건 손님의 주문이었고 그들의 주문을 받는 것은 일단 그의 사명이었다.

소명이든 사명이든 한참 잊고 겨울을 지냈다. 올겨울은 유독 지독한 감기에 걸려 기침을 달고 살다 끝내 늑골염에 걸렸고 의사들이 자신의 권리를 위해 파업을 했다던가 지인의 가족이 병원에서 강제 퇴원을 당했다는 얘기를 들었고 만 네 살의 아이는 내가 자기에게 불리한 말을 할 때면 '그런 말 하지 마, 마음 아파.'라는 얘기를 할 줄 알게 되었다. 그리고 또 뭐가 있을까. 일상. 매일 입고 벗는 속옷처럼 나에게 붙어선 일상. 아이를 데리고 일 년에 한두 번 300km 너머 나의 엄마 집에 가고 또 일주일을 머물다 오는 아주 보통의 일상.

그러다 소명을 다시 마주친 건 내 옷장처럼 뻔한 날들 그 한가운데서였다.

버릇처럼 오래된 골목을 걷는 것을 좋아한다. 낡은 이층집 계단 사이의 화분이나 거친 회벽의 질감, 문 앞에 내놓은 나무 의자(볕이 좋은 날이면 주인이 나와 앉아 있다), 붉은 락카로 적힌 '철거 예정'이라는 글씨, 적요한 공기와 오래된 가로등 아래를 걷는 것을 좋아한다. 아이와 함께라고 다를 건 없다. 그날도 대구의 오래된 골목, 발이 기억하던 곳을 아이와 점점이 더듬어가다 어느 커피 바 앞에 얼핏 발이 멈춰 섰다. 소명. 카페의 이름이 그랬다. 소명 召命 커피바. 원래는 세탁소였던지 가죽 잠바, 세무 잠바, 무스탕, 밍크 오바라고 유리창 초록색 시트지 위에 쓰여 있는, 언뜻 지나면 카페인지도 모를, 하지만 그 옆 공간엔 엄연히 커피 머신이 있고 LP와 스피커가 늘어선 바도 있는.

벽지를 뜯은 콘크리트 내벽이 그대로 드러난 실내로 들어서자 초록색 책상 스탠드가 있는 자리에 오후의 빛이 가로새어 들었다. 커피와 케잌을 시켜 그 빈틈에 몸을 밀어 넣었다. 아이가 색연필로 노트에 그림을 그리는 사이 다시 만난 소명과 곁에 붙어선 사명을 생각했다. 소명, 사명, 소명, 사명. 두 낱말을 입안에 굴리다 문득 그는 왜 그런 질문을 했을까, 그에게는 어떤 의미였을까 생각했지만 역시 알 수는 없었고 그렇다면 나에게 그것은 무엇일까를 생각했다. 나의 소명과 사명. 단순하지만 쉽게 꺼내기 힘든 말들. 그런데 이내 아이가 내게 초록 모자 인형을 건네며 말했다. 엄마, 이제 우리는 모험을 떠나야 해. 잘은 몰라도 당장의 내 소명 및 사명은 초록 모자의 모험이 되었다.

카페에서 나왔을까, 친구에게서 문자가 왔다. 본업을 두고 필라테스 자격증을 따고 또 다른 교육을 받는, 어딘가에 길이 있겠지 하는 마음으로 새로운 출구들을 끊임없이 만드는 자신에 대한 얘기였다. 발이 멈췄다. 어차피 이런 거 아닌가 하는 생각이, 아주 난데없지만 소명이 별 건가 하는 생각이 들었다. 소명이라는 거 말야. 자신이 할 수 있는 일과 하고 싶은 일 어딘가에 섞여 있는 거 아닐까. 살아가면서 스스럼없이 해나가는 일 어딘가에 끼어있는 거 아닐까. 간판도 없는 작고 낡은 카페의 이름이기도 한 소명, 그 위대하고 어려운 이름은 어쩌면 우리가 찾아 나선 일들과 불러낸 일 그 어딘가에 있는 게 아닌가 하고. 우리가 우리의 생에 불러든 일. 그녀가 그녀의 생에 불러들인 일. 그게 소명 아닌가 하고 말이다. 그렇다면 사명은 그 뻔한 일상 속 우리에게 주어진 크고 작은 일들일 테고, 분명 그 둘은 특별한 이들에게 부여된 특별한 이름들은 아닐 것이고. 뭐 그런 생각들. (나중에 보니 소명과 사명은 기독교인들에게는 익숙한 화두인 듯했다. 소명은 영어로는 calling, 부름이라는 뜻으로 사용되었고 사명은 mission, 해야 할 직임이라는 의미였던가. 그러나 그때 그 사장이 내게 묻고 싶은 게 이거였던지는 아직도 모르고 '그것도 맞겠지요, 그러나' 뒤의 문장도 나는 알지 못한다)

겨울은 아직 끝나지 않았다. 쇠기러기는 여전히 그곳에서 날개를 파득댈 것이고 기침은 내 목구멍 끝에 걸려있다. 의사들의 파업과 아이의 성장도 진행 중이다. 그러나 모든 것은 조류처럼 계속 이어지다 그만두다 끊기다 바뀔 것이다. 카페의 사장은 또 다른 누군가에게 물어볼지도 모른다. 어쩌면 질문의 내용은 조금 바뀌었을 수도 있다.

당신에게 소명과 사명은 무엇인가요.

그러면 거기엔 또 하나의 새로운 소명과 사명이 몸을 비틀며 깨어날 것이다. 소명, 사명, 소명 사명. 역시나 아이들 말장난처럼 그것은.

문을 밀고 기다리는 마음

지난밤 내린 눈을 밟으니 뽀득뽀득 소리가 난다. 뽀득. 오늘은 어떤 하루가 될까. 뽀득. 아이 귀 시려. 뽀득. 얇게 쌓인 눈을 스친 바람도 이렇게나 시린 거구나. 뽀득. 커피를 줄여야 할 텐데, 그래도 하루 한 잔 정도는 괜찮지 않을까. 뽀득.

무화과 베이글을 사러 집에서 가까운 카페로 걸었다. 귀가 시려 검은색 후드를 썼는데 아마 뒤에 걷는 사람에게 내 머리통은 까만 면봉처럼 보일 것이다. 눈바람에 무방비한 신체 부분은 이제 얼굴과 손. 그러나 손에게는 주머니가 있다. 어깨로 문을 밀고 들어가며 뒤에 사람이 있나 흘깃 바라본다. 다행히 나 혼자다. 어깨로 밀고 들어간 문을 그대로 잡아주기란 꽤나 쑥스러울 것이다.

미시오. 당기시오.
문이 가진 정반대 성질의 이름들.

어떤 사람이 되고 싶나, 는 고민을 한 적이 있다. 개처럼 아이처럼 눈을 좋아하는 사람, 좋은 것은 좋다고 또 싫은 것은 싫다고 말할 수 있는 사람. 거기에는 문을 열고 기다려주는 사람도 들어 있었다.

세상에는 타인을 위해 시간과 힘을 쓰는 사람도 있지만 그를 당연하게 여기는 사람도 있다. 그것도 꽤. 나는 전자의 인간이길 바라지만 문을 잡고 선 나를 그저 쌩하니 지나는 사람을 마주할 때마다 이제는 그러지 말까도 싶었다. 원해서 하는 일이 자신을 상처 내는 일이어서는 안 되니까. 그러나 세상에는 나를 투명 손잡이 취급하는 사람보다 눈인사하는 사람이, 문을 먼저 잡아주는 사람이 더 많았다. 몇몇 싫은 상황 때문에 싫은 태도를 지니고 싶지는 않다. 당기든 밀든 뒤에 서 있는 사람을 생각하는 마음을 갖자고, 그 정도의 여유와 태도를 가진 사람이 되자고 다시 생각했다.

미시오, 당기시오.
문, 혹은 사람.

문을 밀고 지나간 사람 뒤 다시 밀어야 할 사람. 미는 사람 너머 당기고 들어와야 할 사람. 밀고 서서 지나갈 사람을 기다리는 사람. 문 하나에는 저마다의 길과 방식을 가진 여러 사람이 기다린다. 나는, 어떤 사람일까, 어떤 사람이길 바랄까. 발아래 다시 뿌득 소리가 난다.

언니네 고양이

언니네 고양이가 열아홉까지 살다가

삼 년 전에 죽었어요

그런데 언니는 아직도 울어요

사람들은 그만하면 분에 넘치도록 살았다고 하는데

그 정도면 기네스에 오르겠다 하는데

고양이의 까만 털이 생각날 때마다

그 아이의 꿈을 꿀 때마다

언니는 울어요

같은 곳에 점이 있는 고양이만 봐도 눈 끝자락이 벌게져서

아무도 모른다고

자기는 그 아이를 외롭게 만든 시간만 손에 쥐고 산다고

기네스에 오르려면

십구 년 하고도 사일을 더 살았어야 한다고

그건 배 倍의 시간이니 분명 달랐을 거라고

밀어내던 침묵을 다시 끌어안았다가

아니 시간이 있었다고 달랐을까 다시 혼자 눈이 벌게져서 또

울어요

나는 우는 건 부끄럽지 않아요 오히려 자신 있을 정도예요
하지만 기르는 고양이가 죽으면 아마 다시는 키우지 못할 거
예요
아마도 다시는

그러자 지금껏 한참을 듣고 있던 여자가 말한다
사람은요,

(부드러운 침묵)

사람은요, 사람을 보내고도 살아요
그러고도 살아요

달싹이는 그녀의 두 손과 흔들리지 않는 깊은 동공을 바라보
며 그러고도 사는 삶의 형태를 자국을 반복을 단속적인 울음
을 망각 불가의 기억을 동거를 웃음을 울컥임을 위안을 미련
을 축적을 끝내의 침묵을 생각한다 고양이를 보내고도 고양
이를 생각하며 사는, 사람을 보내고도 사람 속에서 사는, 문
득문득 울고 문득문득 잊고 또다시 문득문득 우는,
그러고도 사는 그런 것들을.

그렇네요

그렇겠지요

나도 따라 두 손을 꼭 쥔다

너의 지난 것들이 너에게 다정하면 좋겠다

이미 사라졌지만 몇 번이나 돌아가게 되는 장소가 있다. 예고 없는 회귀, 혹은 감각의 순간이동. 길을 걷거나 가만히 앉아 커피를 기다리며 떠올리는 수납장 구석의 어릴 적 옷같이, 알 수 없어 더 매력적이던 이국의 스노우볼같이. 어떤 유의 냄새나 습도, 그러나 주로 빛이 내 손목을 끌고 그곳으로 데려가면 나는 속수무책으로 거기에 덩그러니 놓인다. 같은 말을 반복하는 입과 같은 소리를 듣는 귀. 때로 나는 그것을 괴로워 하지만 내가 할 수 있는 일은 없다. 고정된 몸을 비틀거나 숙달된 관객처럼 익숙한 환호를 지를 뿐.

나는 여덟이거나 열다섯 어쩌면 열일곱이다. 휘발된 줄 알았던 어린 내가 더 이상 존재하지 않는 장소를 불러내고 내게 묻는다. 그때 너는 왜 그랬어 그때 그는 왜 나의 몸에 손을 대었어 그때 그곳을 떠난 그 아이는 어떤 어른으로 자랐어. 사위가 흐릿해져 사물도 인물도 잘 보이지 않는 곳에서 어린 나는 어른이 된 나에게 귓속말을 하고 나는 이제야 알게 된 것,

알게 되었다고 생각하는 것들을 그 아이에게 속삭인다.

괜찮아. 그건 너의 잘못이 아니야.
이미 다 지났어.

우리 둘은 손을 꼬옥 잡는다. 당연히도 어떤 시간은 혼자서 견딜 수 없다. 타인의 온기와 눈빛, 말 조각. 물처럼 그것을 삼켜야 지날 수 있는 시간이 있다. 어린 내가 나를 불러낸 이유일 것이다. 빼곡한 나무들이 말을 걸던 유년의 숲, 일렬로 줄을 선 문이 두드려지고 열리던 주공 아파트, 백문조와 가지가 살던 작은 마당. 습관적인 기억의 나열은 습관적으로 기억으로 돌아가는 습성을 닮은 것인지도 모른다. 그 가운데 하나를 들춰본다.

어린 내 곁에 열다섯의 소녀가 있다. 한 시간 버스를 타고 가며 속을 게워내던 아이, 자신을 낮춰 사람을 웃게 하던 아이, 무지 티셔츠가 잘 어울리던 아이, 그날 우리가 벌인 일탈의 여섯 시간, 웃음과 울음이 혼재된 시간, 그날의 버스 터미널. 오래전 그날이 속절없이 내게 오면 나는 그 시절 그 아이에게 괜찮아, 괜찮아, 어리고 힘이 없는 건 너의 잘못이 아니야 말하지 못한 것을 후회하고(그런데 왜 어린아이들은 모든 어른의 실수와 무책임, 행동들을 자신의 잘못으로 여기고 마는 걸까), 그때도 지금도 그 아이를 여전히 사랑한다는 것을 그냥, 문득, 난데없이. 말하고 싶어진다. 지난 것은 지난 것이지만. 몇 번 회귀의 순간을 갖는 것은 나뿐만이 아닐 테니. 나는 그저 너의 지난 것들이 너에게 다정하면 좋겠다, 돌아갈 수많은 아름다움이 너와 우리에게 있으면 좋겠다 말하고 싶어진다. 어리던 그 아이의 손을 꼭 잡고 그렇게만 말하고 싶어진다.

사라진 공간, 그럼에도 사라지지 않은 장소. 무수히 많은 입구와 스위치를 가진, 그러나 마음대로 나가지는 못하는.

장소는 각각의 존재에게 영광으로 내상으로 상흔으로 얼룩으로 오래된 옷으로 남고 남은 그것을 어떻게 대할지는 나와 당신이 가진 일생의 숙제일 것이다. 아끼는 서랍장에 담긴 자잘하고 다양한, 반짝이는 잡동사니들. 드르륵. 나는 이제 서랍장을 닫는다.

기러기의 겨울잠

한 음절씩 꼭꼭 씹듯이 누르는 건반 소리를 듣는다. 아침부터 희던 하늘은 여전히 희고 오늘은 눈이 올까 오면 좋겠다, 창틀에 투명하게 맺힌 유리를 본다. 창 너머 감나무 끝 주황 감 몇 개가 바람에 흔들릴 때 굽이치는 소나무는 다 안다는 듯, 그게 뭐든 다 안다는 듯 가만히 나를 본다. 그게 뭐야, 나는 아무것도 몰라. 나도 소나무를 본다.

혼자면 좋겠다고 혼자면 뭐든 마음대로 할 거라고 혼자 강화도에 왔다. 잎이 다 떨어진 나무들을 지나 정지용 시의 제목을 따서 지었다는 카페에 도착해 안녕, 공간에 인사했다. 이곳을 처음 봤던 지난달부터 여기 와야지, 꼭 다시 와야지 몇 번이고 생각하던 곳이다. 풀과 나무가 우거진 입구 사이로 보이는 석상과 탑, 낮은 우물이 그대로다. 당연하다. 고작 한 달이다. 사십 년 전에 사장님이 직접 쌓았다던 돌담과 한껏 비틀어진 소나무, 일제 전등갓, 특유의 냄새, 반복되는 음악, 모두 그대로다. 다른 점이라고는 별채에 있는 전기난로 하나.

시월엔 없던 난로에 빨간 불이 들어와 공기를 덥힌다. 타는 소리도 냄새도 없이 벌겋게 익어 있다.

　십일월, 아직 가을인데도 이곳의 공기는 고요한 겨울을 닮았다.

　라테를 시켰는데 카푸치노처럼 거품 있는 게 좋아요? 없는 게 좋아요? 사장님이 묻는다. 이곳은 겨울을 닮았고 겨울은 카푸치노가 어울린다. 거품 있게 주세요. 거품이 가득한 라테를 나에게 건네기 전 사장님의 손에 시나몬 통이 들려있는 것을 본다. 그도 나를 바라본다. 역시 겨울은 시나몬이죠, 아직 겨울도 아닌데 나는 그렇게 말하고 사장님은 거품 한가운데에 갈빛 가루를 톡톡 두드린다. 미국엔요, 지금 이맘때면 시나몬 향이 가득하대요. 물론 미국 같은데 한 번도 가본 적도 없지만. 사장님은 얘기하고 나는 생각한다. 겨울인가. 아직 가을이라 여겼는데 벌써 겨울인가. 카푸치노가 되어버린 라테를 받아 들고 유리창으로 우물과 나무가 보이는 자리에 앉았다. 그리고 또 생각했다. 이곳으로 오던 길 천 마리는 되어 보이던 기러기 떼를. 커다란 원을 그리던 철새의 춤을. 차마 서지도 못하고 달리며 훔쳐보던 그들의 유영을. 섰으면 좋았을 텐데, 차를 세우고 가만히 서서 그 광경을 바라봤어야 했는데 나는 후회했지만 이미 그 순간은 지났고 다시 오지 않을 것이다. 혼자라고 마음대로 되는 건 아닐지 몰라, 당연한 걸

이제야 알게 된 사람처럼 속상해했다.

열 장짜리 단편을 써야지 하고 이곳에 왔다. 아마 안 쓸 것이다. 하지만 이제 시작인데 벌써 포기할 순 없으니 쓰려는 흉내라도 낼 겸 랩탑을 켰다. 전화가 왔다. 틈틈이 거의 이십년 넘게 사진을 찍으시는 분의 전화다. 있잖아요. 저는 사람들에게 종종 얘기합니다. 현무암보다 퇴적암을 닮은 사진을 찍고 싶다고요. 나는 가만히 듣고 있다. 시커멓게 구멍이 뚫린 현무암과 사암의 부드러운 결이 자연스레 머리에 떠오른다. 현무암 같은 건 화산이 확 터지면서 생겨나는 돌이잖아요. 한 번에 쏟아지면서 거칠게 구멍도 나고. 그런 돌 말고 층층이 쌓여서 자신의 무늬가 있는 돌이었으면 좋겠어요, 제 사진은. 시간이 쌓이면서 지문이 생기는 퇴적암 같은 거 말이에요. 나는 말한다. 하지만 저마다 돌의 태생과 모양처럼 각기다른 매력이 있겠지요. 물론 그렇지요. 어떤 글이나 사진이나 결과 모양이 다를 뿐이라는 것을 우리는 알고 있다. 어느 것이 좋고 나쁘고보다 어느 것이 자신의 취향인가 아닌가일 뿐이라는 것도 우리는.

지금은 밤이다. 어느새 난 하루를 묵기 위해 60년 된 흙집에 왔다. 오는 길에 기러기가 맴돌던 논을 다시 지났지만 기러기는 한 마리도 없고 커다란 곤포 사일리지만 자리에 섰다. 그 무수한 새들은 다 어디 갔을까. 이미 두 시간이 지났으니

섬 반대편에 갔어도 충분한 시간이다. 어쩌면 일찍 잠에 들었을지도 모른다. 기러기의 겨울잠. 예쁜 말이라고 생각해 종이에 적어본다.

아직 여행의 중간이다. 내일은 칠백 살이 넘은 은행나무를 보러 간다고 숙소의 주인에게 말했더니 은행잎은 진작에 다 떨어졌다고, 내년 가을에나 다시 오라고 얘기한다. 갈까 말까. 잠시 갈등하다가 아무래도 가보기로 한다. 잎은 다 떨어졌어도 나무는 그 자리에 있을 거라고, 잎이 나무의 전부는 아니라고 생각하기로 한다. 그리고 나의 잎은 뭘까를, 내게서 떨어져 나가는 것들을, 그리고 그래도 그대로일 나를 생각한다.

뿌리를 깊게 뻗은 나목을 상상하며 세수하고 신발을 신고 집 앞 골목에 나갔다. 온통 밤이다. 새소리도 없이 조용한 밤. 바스락 소리가 난다 싶더니 하얗고 까만 고양이가 나를 따라 나왔다. 고요한 밤, 거룩한 밤. 어둠에 묻힌 밤. 겨울도 아닌데 캐럴을 부르고 발아래 고양이는 바람에 구르는 마른 낙엽을 건드린다. 태어난 지 여섯 달 된 아기 고양이다. 네 인생의 첫가을과 겨울이겠구나. 너무 깜깜해 백 미터도 채 가지 않고 고양이와 함께 집으로 돌아가기로 한다. 단편을 써야지. 아마 한 장 정도는 쓸 수 있을지도 몰라. 돌아오는 길 다시 캐럴을 불렀다.

악몽

잠을 설치는 밤이 늘었다. 오른쪽 왼쪽, 그리고 다시 오른쪽. 몸을 틀며 도로 꿈의 빈자리로 들어가려 해도 새벽 특유의 척척한 생각 다발은 이미 방안을 가득 적시고 가끔은 물의 결정처럼 나의 몸 어딘가로 떨어진다. 눈두덩이 위로, 손끝으로, 발가락 사이로, 대부분은 하루 중 수많은 말을 뱉어내는 입안으로. 삼키지 않으려 숨을 참아도 착실하게 입을 벌리며 들어오는 생각을 이길 수는 없다. 치간을 지나 혓바닥, 목젖, 후두를 지나 안으로 안으로. 그렇게 가족이 잠든 새벽 오도카니 앉거나 누워 이미 딱딱하게 굳어버린 어제나, 수중에 잠긴 잠수교 같은 내일을 생각한다. 왜 그때 그렇게 얘기했을까, 혹은 못 했을까. 시기적절하지 못한 말과 마음은 덤이다.

자다 깨어난 정신은 아직 어둠 속에 흐트러져 있지만 입으로 밀려 들어온 생각은 꼬리를 문 우로보로스처럼 끝이 없다. 십분, 삼십 분, 어쩌다 세 시간. 어떤 날은 쉽게 생각의 꼬리를 끊어내지만 어떤 날엔 턱에 힘을 가득 주고 생각을 씹어댄다. 나는 생각을 물고 놓지 않는다. 그러나 생각 역시 나를 물고 놓지 않는다. 나와 생각은 같은 몸을 공유하며 서로를 탐한다. 그리고 거기에 술처럼 꿈이 섞여 들어간다. 깊은 무의식 저변에서 나도 같이 놀자, 꿈이 말한다.

며칠 전 악몽을 꾸었다. 아파트가 양옆으로 길게 나란히 선 길 한가운데를 걷고 있는데 그 위에서 아이가 떨어졌다. 정확히 말하자면 아이들이 떨어졌다. 한 명, 두 명, 세 명, 계속해서 아이들은 조금은 흥겨운 듯 자진해서 떨어졌고 나는 선 자리에서 얼어붙었다. 목뒤가 뻐근하고 소름이 돋았다. 누구와 걸었던 것 같은데 누구인지 모르겠다. 어떤 배경이 있었던 것 같은데 그것도 모르겠다. 그저 아파트와 아이들. 떨어진 한 아이를 누군가 안았다. 아이에게서는 피가 나지 않았다. 살아 있을까. 궁금했지만 가까이 다가갈 용기가 나지 않았다. 아파트는 이 삼십 층은 족히 되어 보였고 아이들은 계속 떨어졌다.

꿈에 깨어서도 눈을 뜨지 않았다. 뜰 수 없었다. 얕은 소름이 온몸에 돋고 심장이 미친 듯이 빨리 뛰었다. 누운 자리에서 숨이 거칠어졌다. 눈을 뜨면 뭔가 보일까 봐 감은 눈을 더 세게 감았다. 왜 이런 꿈을 꿨을까. 겁에 질린 아이처럼 울고 싶어졌다. 정말이지 왜 이런 꿈을 꿨을까. 이때를 비집고 생각은 입안을 파고들었다. 꾹 다문 입술을 벌리고 머리를 집어넣고 몸을 들이밀었다. 죽은 물고기의 것처럼 축축하고 비

릿한 생각들. 두세 시간은 나를 붙들고 놓아주지 않을 거머리들. 악몽보다도 나를 더 괴롭힐 망상들. 그러나 나는 어떡해도 자신이 없었다. 그 꿈에 다시 들어갈 자신이.

여러 가지를 생각했다.
1. 이 꿈의 일반적 해석은 무엇인가.
2. 꿈에 나오는 인물에 모두 나를 투영시킬 수 있다. 보는 사람, 떨어지는 사람 모두.
3. 꿈은 시제 감각이 없으니 몇 개의 사건이 섞였다고 봐도 무방하다.
4. 이 꿈의 공포는 어디에서 기인하는가.

핸드폰 조도를 낮춰 해몽을 알아봤다. 일반적으로 아이들이 떨어지는 것을 보는 꿈은 추진하는 일이 중단되거나 성과 없이 끝난다는 것을 의미한다고 했다. 혹은 불안하거나 자존감이 부족한 시기라는 것이다. 흠, 그럴 수도 있겠는데. 얼마 전부터 쓰는 글에 만족하지 못하고 조급한 상태가 이어지던 참이다. 잘 쓰고 싶은데 방법을 모르겠다. 게다가 충동적으로 첫 독립 출판 책을 낸 이후 글에 대한 마음이 무거워졌으니 이 해석이라면 1과 2가 동시에 들어맞게 된다. 떨어지고 땅에 부딪히는 사람 역시 내가 되는 거니까. 그런데 그렇다 쳐도 이건 너무 괴기스럽지 않나. 아이들의 희멀건 피부색까지 기억되는 꿈이라니. 여기서 3번. 몇 개의 사건들이 내 무의식에 섞인 것은 아닐까 머리를 뒤져본다. 그리고 딱 두 개가 떠오른다. 고개를 탁, 흔들어 지워버리고 싶은 그런 괴로운 것이.

한두 달 전인가 어느 아파트에서 부부가 싸우다가 남편이 홧김에 아파트에서 뛰어내렸다는 말을 들었다. 어느 정도로 화가 나야 아파트에서 뛰어내릴 수 있을까 생각하다가 그렇다면 그 화는 단 한 번이 아닌 지층처럼 차곡히 쌓인 것이겠구나, 그렇지만 거기서 뛰어내리면 어떡해 따위의 생각을 했다. 아마 아파트 투신이라는 조건은 거기서 연유했을 거라 짐작한다. 이십 층에서 뛰어내릴 정도의 화는 도대체 어떤 것일까를, 싸우던 한 사람이 떨어지고 나서 남은 사람은 어떤 마음일까를, 그리고 밤 열한 시쯤 그 근처를 산책했을 사람들의 충격은 어떻게 해야 하나같은 것들을 몇 번이나 쓸데없이 진지하게 생각했으니까.

그렇다면 떨어지던 아이들은 어디서 왔을까.

익명의 몸들. 어린 몸들은 어디 즈음에서 찾아야 할까. 아무리 생각해도 단서를 모르던 나는 다음 날 아침 시뻘게진 눈으로 검색창 배너를 봤다. 하얀 국화와 '사망자를 애도합니다'라는 한 문장이었다. 벌써 일 년이구나. 말도 안 되는 비극이 있었던 그날에서 벌써 일 년이 지났구나.

마스크와 거리 두기에서 벗어난 것에 기뻐하던 즈음이자 때

마침 핼러윈을 앞에 둔 토요일이었다. 그날 아마도 잠든 아이 곁에 누워 있다가 물이라도 마실까 방을 나왔던 걸로 기억한다. 나를 본 그가 나에게 말했던 걸로 기억한다. 이것 봐. 이게 실제 상황이래. 뭔지도 모르고 작은 화면의 고통스럽고도 시끄러운 침묵을 바라봤다. 누워 있는 몸들. 웃음들. 슬픔들. 흔들림들. 나는 거짓말, 이라고 했다. 거짓말하지 마. 이게 진짜 일리 없잖아. 그러나 결국 진짜였던 그 영상에 난 한참이고 괴로워했다. 떠올라서, 눈을 감아도 그 영상의 몸들이 떠올라서였다.

아직도 많은 말들이 오고 간다. 그 가운데 슬프다는 말과 네 슬픔을 강요하지 말라는 말이 가장 크다. 잘은 모르지만 둘 다 이해는 된다. 슬프다는 것도 네 슬픔을 강요하지 말라는 것도 모두 그럴 수 있다고 생각한다. 그러니 이 글은 그런 얘기가 아니다. 나의 꿈에 대한 이야기다. 그날 본 영상에서 각인된 무언가가 딱 일 년 뒤 꿈에서 다른 방식으로 표출되었으리라 짐작하는 이야기다. 꿈이 남긴 슬픔과 공포가 그때의 것과 닮았고 영상에서 본 질감이 꿈에서의 그것과 같았다. 다시 심장이 빠르게 뛴다. 왜 인간은 쉽게 볼까. 쉽게 들을까. 왜 쉽게 말할까.

사람은 다르다. 아픔을 말하는 사람이 있고 묻어두는 사람이 있고 꿈으로 표출하는 사람이 있다. 나는 어떤 사람인가를 생각한다. 아마도 나는 그 사이 어딘가에서 흔들리는 사람이라고 생각한다. 그러다 결국 잠을 설치고 생각을 물어뜯고 몰래 꿈을 꾸는, 그런 사람. 아직도 난 후회한다. 왜 그걸 봤을까. 다음날 모든 영상이 사라졌다. 적어도 사람들이 쉽게 접하는 곳에서는 사라졌다. 트라우마가 생길 수 있다는 이유로 공유가 금지되었다. 더는 나 같은 사람이 없겠다고 생각하면서 다시 생각했다. 그곳에 남은 사람들은 그들을 잃은 사람들은 그럼 어떻게 하나. 소리를 듣고 남은 자리를 쓸고 침묵을 견디는 사람들은 도대체 어떻게 해야 하나. 이건 악몽으로만 끝날 일인가, 끝낼 수 있는 일인가.

나는 이 글을 일주일에 걸쳐 쓰고 있다. 몇 문단을 쓴 하루는 밤새 잠을 이루지 못했다. 어떤 생각들이 떠올라서였다. 생각들. 꽉 문 어금니를 벌리고 머리를 들이미는 생각들. 공허들. 슬픔들.

악몽은 깨어난다.
불면의 밤도 지나갈 것이다.
하지만 그들의 상실은 폐허는 생의 믿음은 어떻게, 도대체 어떻게.

뭉쳐진 세 개의 눈더미는 단단하여서

하나 옆의 하나, 둘 옆의 하나 그리하여 셋.
몸이 되지 못한 세 개의 눈 더미.

바싹 마른 풀밭 위에 뭉쳐진 세 개의 눈 더미를 본다. 저게
뭘까. 멀거니 서서 덩그러니 놓인 눈을 같이 보던 그녀가 말
한다.
어제 몇몇 아이들이 세단의 눈사람을 쌓으려다 잘 안되던가
봐요.
눈사람이 되지 못한 머리가슴배, 세 개의 몸의 잔재들. 아
니, 몸이 되지 않았는데 저것을 몸의 잔재라 부를 수 있나. 저
들은 그저 굴리다 만 시간, 올리다 만 겨울은 아닐까.

부피와 무게가 비슷한 세 개의 눈 더미 앞에 나는 작게 상상
한다. 아이들이 올리면 이내 떨어지고 미끄러지는 거대한 눈
더미. 다시 올리면 떨어지고 또다시 미끄러지는 하나 옆의 하
나, 둘 옆의 하나. 아이들은 제 몸보다 큰 눈덩이를 올리려 똑

같은 힘을 마주 재고 맞추려다 넘어지고 까르르 웃고, 또다시 떨어지는 눈을 받아 올리고. 그러다 끝내는 장갑을 벗고 옷을 털고 빛과 온도가 적당히 따뜻한 각자의 집으로 돌아가지 않았을까. 그리고 오직 세 개의 눈 더미만이 덩그러니 얇은 눈 위에 서다 얇은 눈이 녹고도 서다 제 갈 길을 잃고 그 자리에 가만히 머물지 않았을까. 하나 옆의 하나 둘 옆의 하나 그리하여 셋. 그리고 눈들은 생각했을 것이다. 우리는 꼭 하나의 사람이 되어야 할까. 사람은 왜 자꾸만 사람을 만들려 할까. 그냥 이대로 완성된 세 개의 눈 더미로 남는 건 어떨까, 저들끼리 이야기했을 것이다.

 하루 만에 눈이 녹아 벌건 나무와 땅이 모두 드러나는데 눈만이, 눈의 모둠만이 멀리서도 보이도록 저들끼리 웃고 떠들었을 것이다.

 해는 떠 있고 나날은 곧 봄이라는데 나는 그 앞에 서서 뭉쳐진 눈은 단단하구나 한낮의 빛에도 녹지 않을 만큼 단단하구나 마음도 그렇겠지 **뭉쳐진 마음도 단단하겠지** 그렇게 그렇게 이어서 생각하고 만다.

 몸이 되지 못한 세 개의 눈 덩어리가 아닌
 각자의 몸을 지닌 세 개의 몸이자 마음이라고 그렇게 그렇게.

일간 일기

날이 흐리다. 창유리에 미세한 물방울이 붙는가 싶더니 와이퍼에 밀려 떨어지고 삐리릭, 와이퍼에서는 어린 새소리가 난다. 이것 봐. 비가 잘 닦이질 않아. 닦아도 허옇게 남아 있고. 이런 유막은 벗기기가 여간 힘든 게 아니야. 세차를 자주 해야 유리를, 안전과 직결되는 시야를 확보하는데. 아마도 '너무 귀찮아'가 생략된 그녀의 말을 들으며 세차는 차의 몸체와 눈을 함께 씻는 거구나, 생각했다. 삐리릭 다시 한번 와이퍼가 울고 나는 허옇게 남아있던 내 차의 유막을, 닦고 닦아내도 한껏 흐리던 유리창을 떠올렸다. 나의 나태가 차의 눈까지 흐리게 했나 하고.

오락가락하더니 비가 그쳤다. 아니 어쩌면 더 가는 빗방울이 왔지만 눈치채지 못했을 수도 있다. 뭐가 됐든 내가 보는 게 내가 생각하는 게 전부는 아니다. 백 년이 넘은 성당에서 그녀는 '성공회'라는 이름의 뿌리를 얘기했다. 영국이라는 나라와 헨리 8세라는 인물, 그의 여성 편력과 천일의 스캔들(영화) 같은 것들.

너 혹시 헨리 8세의 초상화를 본 적이 있어?

아니.

그냥 딱 봐도 영국 아저씨야.

영국 아저씨가 설립한 성공회의 성당 안은 경건하고 약간 고집스러웠으며 정숙했다. 아직도 반들거리며 빛이 나는 주교 의자, 바깥 빛이 나무 틈 사이로 새어드는 고해성사소, 열리지 않을 풍금, 색이 바랜 주교의 옷, 청동 십자가. 일렬로 나열된 흑백 사진 속 일곱 살 정도 되는 남자아이의 장난스러운 웃음을 보다가 문득 궁금했다. 영국 아저씨는 자신의 종교 개혁이 자기도 모르는 나라의 수많은 생에 끼어들 줄 과연 알았을까? 하긴, 신경이나 썼을까만은.

날은 여전히 흐렸지만 비나 눈은 내리지 않았다. 하지만 역시 아주 작은 날씨의 변화를 나는 지나친지도 모른다.

아끼는 공간에 갔다. 자주 가지는 못해도 그런 공간이 있다는 것만으로도 괜히 뭔가가 차오르는. 우리는 그곳에서 끊이지 않는 이야기를 쏟아내다 창밖의 소나무와 기와의 곡선을 훔쳐보고는 또 쏟아냈다. 가끔 사장님과도 함께. 그는 한 문장에 대해, 각자의 머릿속에서 결코 떼낼 수 없는 한 문장에 관해 얘기했다. 그리고 자신이 그것의 답을 어떻게 찾게 되었

는지도. 그리고 잠시 멈추다,

 두 분에게도 그런 문장이 하나씩 있지 않나요?

 순간 나는 공허를 떠올렸다. 뻥 뚫린 구멍. 내 안에 언제고 자리하는 시커먼 구멍. 어느 여름날, 고등학교 선배와 한남의 작은 공원에서 서로를 마주하던 시간도 떠올랐다. 서른이 지났는데도 이렇게 흔들려도 되나. 우린 자주 머뭇거렸다.

 그녀는 말했다.
 나는 나를 나로 받아들이기로 했어.
 나도 말했다.
 나도 이제는 내 안의 빈 공허를 인정하기로 했어.

 우리는 비슷했다. 각자의 구멍을 수없이 많은 사람들과 사물로 메우다 지쳤고 그래서 이제는 모두 다 그만두기로 했다. 그냥 인정하자고, 그것이 거기에 있다면 평생 사이좋게 살아나 보자고. 그런데 그사이 사장님이 주제를 바꿨다. 제가 손님의 SNS를 보다가 느낀 게 있는데요. 바로 공허예요. 자유로운 일상 속 공허가 보이더라고요. 나는 내 속이 다 보였나 깜짝 놀라 어쩐지 조금 시무룩해졌다. 아직 티가 나나. 어린 시절의 가난을 들킨 것만 같이.

 집으로 돌아가는 길 그녀에게 물었다. 그렇게 티가 날까?

사진들에서 보일만큼이나. 그녀는 답했다. 글쎄, SNS 하는 사람 중에 공허하지 않은 사람이 있나, 애초에 공허고 외로움이고 없는 사람이 있나. 게다가 글을 쓰는 사람에게는 그런 감정이 필수일지도 몰라. 빈 것을 채우고 드러내려는 욕망이 글로 발화되는 것일지도. 나는 다시 물었다. 언니의 한 문장은 뭐야? 그녀는 다시 답했다. 어릴 때는 내 존재가 허구가 아닐까 하고 자꾸만 의심했어. 나는 왜 존재할까, 어쩌면 나는 그저 허구인 데다 이 모든 것은 가짜가 아닐까 하고. 그런 생각이 들면 아무 의욕도 들지 않았지. 그런데 이제는 좀 달라. 허구든 아니든 지금의 나는 어쨌든 이 생을 살고 회사도 가고 밥도 먹잖아. 기어이 살고 있잖아. 진짜든 가짜든 그게 무슨 상관이야, 그런 마음이야.

각자가 몸에 새긴 하나의 문장. 가만히 나를 물고 놓지 않는 문장. 나를 생각하고 있어? 자꾸만 얼굴을 들이밀다 등을 돌리는 문장. 그것은 결국 생 生이 개개인에게 던진 수수께끼가 아닐까. 우리는 평생 그것을 풀고 이해하고 인정하고 고민하고 외면하다 다시 바라보고 화해하고 끌어안게 되는 것이 아닐까.

아직은 겨울, 아직도 겨울.
섬에서 섬으로 돌아와 삼국시대에 지었다는 긴 성곽을 볕 좋은 봄에 걷자는 말로 우리는 헤어졌다. 해는 이미 내렸지만 아마도 비는 오지 않았고 이틀 뒤면 영하 이십 도까지 내려간다는 날씨 소식이 있었다. 비가 눈으로 내릴 수도 있겠다고, 세차는 못 해도 유리 세정제로 닦기라도 해야겠다고 집을 향해 걸었다.

　오늘은 날이 흐렸지.
　하지만 날이 정말 흐렸을까 생각하며.

훔쳐 읽기 eavesread

새벽에 일어나 누군가 쓰다만 글과 콜라주로 편집한 사진 작업을 훔쳐 읽었다. 어떤 경로인지는 모르겠다. 프레드릭 레이튼의 플레이밍 준Flaming June이 계기였던지 그가 쓴 단어를 내가 검색했던 게 시작이었던지는. 새벽 세 시에서 다섯 시. 보통은 잠깐 보다가도 덮고 말 핸드폰 화면을 까만 밤 환하게 열어두고 그의 글 모두를 읽었다. 열렬한 팬의 마음, 치졸한 질투보다 순수한 경이에 가까운 부러움이 일었다. 저 흘러넘치도록 지독한 예술성이라니.

단어와 문장이 이어가는 도로의 파편으로 속절없이 끌려가며 이 사람이 보는 세계와 나의 것은 분명히 다를 것임. 우리 사이의 색채와 냄새, 이미지의 형태는 토성과 달의 거리만큼 다를 것임을 인정했다. 아니, 우리라고 할 것도 없다. 우리는 우리로 포함될 어떤 것도 없다.

훔쳐 읽었다는 표현은 맞지 않을지도 모른다. 그는 누구든 볼 수 있는 자리에 올렸고 본인을 찾을 수 있도록 친절히 해시태그까지 썼다. 하지만 나는 훔쳐 읽었다. 훔쳐보는 행위의 망상과 상상, 은밀함과 저속함, 관능을 품고 읽었다. 헤쳐지고 벌어진 언어를 눈으로 훑고 그가 쏟은 시적인 개념을 혀로 핥았다.

아무도 보지 않는 곳에서 몰래,
아무도 볼 수 없도록 슬쩍,
혼자만의 유희로.

그러다 불현듯 의문이 들었다. 써도 될까. 지적인 사고도 열망도 혁명도 그 무엇도 보일 것 없는 내가 써도 될까. 가질 수 없는 감각과 재능은 마침내 무서워지는 법이다.

글은 19년 삼월에서 20년 십일월까지 쓰였다. 이미 사 년이나 지난 시간이다. 그러나 변하지만 결국 변하지 않는 게 사람이라고 한다. 그녀는 쓰지 않을 리 없다. 이런 유의 사람은 무언가를 표현하지 않고는 살아갈 수가 없다. 터지고 폭발하는 내핵을 그대로 둘 리 없다. 그는 분명 쓰고, 쓰고 있고, 쓸 것이다. 사진이든 그림이든 종이든 벽이든 어디든 무언가를 채우고 쌓을 것이다. 사 년의 시간, 그는 어디에서 어떤 단어와 문장, 이미지들을 새로 지어 입었을까.

첫 문장에 나는 '누군가 쓰다만'이라고 적었다. 순전히 내

의견이다. 어쩌면 그의 의도는 딱 거기까지인지도 모른다. 갈급은 나의 몫이고 더 읽길 원하는 건 나의 욕심이다. 그러나 그는 언제고 아름다운 걸 만들고 싶다고 썼다. 살아있는 그는 여전히 무언가를 만들 것이다. 이내 나는 다시 한번 몸서리치게 무서워하다 또다시 갈망한다. 미처 내칠 수도 없이 나를 휘두르고야 마는 새로운 훔쳐 읽기를.

증오라는 생의 의지

산문을 쓰고 수정하다 그 앞에 멈춰 선다. '증오라는 생의 의지'라는 문장이다. 물론 증오가 생의 의지가 될 수 있는 것에는 의심이 없다. 슬픔이나 우울에 깃든 늘어진 무력감과 달리 그에게는 날 선 힘이 있다. 인간의 감정, 표정, 일상을 들쑤시고 내면의 구석구석을 펄펄 끓게 만들어 동력을 얻는다. 결국 소진되는 것은 인간이지만 부정적인 힘도 어쨌든 힘이다. 그것도 제 주위 모든 것을 전소시킬 듯 거세게 불타오르는 힘. 대개 증오에게 몸을 연료로 내어 준 주인은 자신의 어딘가가 닳아도 괘념치 않는다. 핏발 선 안구는 오직 자신의 증오와 분노가 추는 악무惡舞를 지켜볼 뿐이다. 그 춤에 누가 다치고 피를 흘리든 심지어 그게 자신이든, 오직 바득대며 지켜볼 뿐.

문제는 그저 앞뒤 맥락에서 내가 표현하고자 하는 감정이 증오일까 분노일까 하는 것이었다. 증오와 분노. 얼핏 닮아 보이는 그들은 어떻게 다를까 하고 말이다. 증오처럼 분노도 생의 의지가 될 수 있을까? 물론 YES. 그렇다면 그 둘은 무엇이 다를까. 사전에서의 정의는 이렇다.

증오 는 아주 사무치게 미워함, 또는 그런 마음.
분노 는 분개하여 몹시 성을 냄, 또는 그렇게 내는 성.

가물거리던 촉감이 단단해졌다. 증오는 사무치도록 미운 마음이고 분노는 분해서 터지는 화 같은 것이다. 증오가 심층 저변에 쌓인 감정이라면 분노는 좀 더 표면에 가닿아 아슬아슬한 감정이랄까. 마치 퇴적 지층과 화산처럼.

물론 그 감정이 내면에 쌓인 빈도와 횟수, 기간에 따라서는 또 다르겠지만 얼핏 나에게는 그런 감각으로 와닿았다. 비슷한 점이라면 둘 다 쌓일 수 있다는 점, 그러면서도 동시에 둘 다 사그라들고 해체될 수 있다는 점. 여기서 나는 다시 멈춰 섰다. 나는 그들을 해체하며 살았던가. 혹은 나를 갉아먹게 내버려둔 채 끌어안고 살았던가.

증오는 나의 어릴 적 친한 친구다. 터지는 화보다 차곡히 쌓아둔 슬픔이나 미움이 나에겐 익숙했고 때로 그 힘으로 공부하고 학교를 가고 일기를 썼다. 내가 선택할 수 없었던 부조리와 가난, 차별과 억압, 미움에 대한 증오로 달력의 일부를 채워가며 살았다. 물론 그게 증오인지는 몰랐다. 누구를 향한 증오인지도 몰랐다. 일기장에 엄마를 욕하며 몇 장을 채웠다.

하지만 그건 미워할 대상을 찾지 못해 어린 엄마를 제물로 제단에 올렸던 걸지도 모른다. 아니 이젠 헷갈린다. 그건 증오였을까, 분노였을까. 무력한 분노에 가까웠던 것도 같다. 하지만 그게 무엇이든 이제는 상관없다. 시간은 지났고 나는 더이상 어리지 않다. 웬만큼은 무언가를 선택하며 살아갈 수 있고, 혹은 그렇게 착각하며 살아갈 수 있다. 내가 아끼는 만큼 시간은 반짝이고 부드러워진다는 것을 나는 안다. 네가 네 마음의 우위에 있어야 해, 아저씨의 말도 이해가 간다. 실행은 어려워도 일단 이해는 간다.

물론 그럼에도 증오든 분노든 한때 나의 어릴 적 친구였음에는, 또 어쩌면 나를 살게 해 준 힘이었음에는 변함이 없다.

아직도 나는 가끔 나를 갉아먹는 감정에 휘둘린다. 두려움, 분노, 증오, 괴로움. 그들은 여전히 일정의 포화도를 지니고 떠다니다 때를 찾아 나를 먹이로 삼는다. 제 몸집을 키우고 저를 발산시킬 구실을 궁리한다. 가끔 그들에게 머리채를 잡히면 나는 그저 아, 네가 거기 있구나 인지할 뿐이다. 그리고 딱 그만큼 그들이 주춤 물러나는 것을 느낄 뿐, 상모를 쓴 것처럼 내 모가지가 돌아가는 것에는 역시 변함이 없다.

하지만 어쨌든, 그래서 어쨌든.

다시 돌아가서 이 산문에 어울릴 단어는 증오일까 분노일까를 생각했다. 이때 생의 의지를 밝힌 것은 뭉근한 증오였을까, 번득이는 분노였을까. 한참을 적고 지우다 결국 처음에 적은 대로 증오로 둔다. 그냥 미운 것도 아니고 사무치게 밉다니까 그게 더 생의 의지에는 걸맞지 않을까 하고. 하지만 그 어떤 증오든 얕게 쌓인 봄눈처럼 다 녹아 사라져 버렸으면 하고. 그렇게 둔다.

다정이 우리를 구원하리라

식탁 앞에서 엉엉 울었다. 참지도 않았는데 오래 참았던 것처럼, 내내 목구멍에 어깨뼈에 갈비뼈에 울음이 맺혀 있던 것처럼, 살짝 틀어진 수도관에서 물이 쉬지 않고 떨어지는 것처럼, 상실을 모르고 상실을 견디는 사람처럼, 간신히 버티던 발끝의 힘을 모두 놓친 사람처럼, 울지 않으면 할 수 있는 게 아무것도 없는 사람처럼 한껏 얼굴을 구겨 울었다.

일월의 저녁. 눈을 닦던 휴지로 코를 풀고 다시 휴지를 손에 쥐고 생각했다. 며칠, 그러니까 발아래가 진흙밭으로 점점이 변해가던 며칠의 시간은 지나고 나면 어떤 색과 형태로 남을까. 예기치 않은 불운의 배열, 무채색의 감흥, 혹은 더할 수 없는 체념의 굽은 등. 그것도 아니면 휴지에 붙은 울음을 구성하는 걱정과 피로, 미안함, 뜻대로 되지 않는 울분 같은 것.

사십오억 년을 넘게 살았다는 지구도 몸을 털고 한 바퀴 더 태양을 돌아볼까 한다는데 나는 이대로 괜찮을까. 울음. 터지고 흐르는 울음. 아니, 오히려 새해이니 이렇게 다 털어버리는 게 나을지도. 내가 할 수 있는 것은 고작 입을 쩍 벌린 카오스의 혓바닥 위에서 몸을 구르며 견딜 뿐임을 인정하는 게 나을지도.

울음처럼 생각도 자꾸만 내 몸의 어딘가에서 새어 나온다.

그래도 울고 나면 후련하다. 뭐든 별것 아닌 것 같다. 계획이 틀어지든 멍청한 실수를 하든 오랜 친구에게 미안한 감정을 갖든 아이가 아프든 그게 뭐든 다 지날 것만 같다. 그리고 아마 높은 확률로 그럴 것이다. 지날 것이다. 찬란한 꽃망울이 떨어지듯 진창의 흙도 언젠가는 마를 것이다. 그러고 나면 남는 건 바보 같은 웃음일 것이다. 이게 뭐야, 하고 얼싸안던 두 여자의 포옹. 괜찮아 괜찮아 다독이던 서로를 향한 애쓴 다짐, 아이들이 간신히 비추어낸 속마음, 한자리에 떨어지는 해를 바라보던 수많은 눈의 응원, 그런 것들일지도.

SNS의 글에 눈이 맴돈다. 어느 스님이 했다는 말이다. '시간이 가면 모든 게 지나간다고 하지만, 고통 속에 있는 사람의 시간은 정지해 있어요.' 원래 시간은 흐르지 않는다. 순간의 팽창과 축적은 다른 리듬과 속도로 가까워지거나 멀어지고 산발한 머리카락처럼 흐트러질 뿐이다. 그러나 고통 속에서의 시간은 멀어지지도 흐트러지지도 않는다. 그저 고통의 심연에 고여 있을 뿐이다. 멈추다 멈추다 돌처럼 굳어버릴 뿐이다. 그러나 당신의 예감처럼 지나갈 것이다. 결국은 모든 것이 잔인할 만큼 당연하게 지날 것이다. 일월도, 독감도, 겨울도, 꽃도, 환멸도, 애정도, 결국엔 생도.

가끔 어떤 문장이 머리에 떠오르면 한동안 그 문장에 매달린다. 십이월의 마지막 새벽에 떠오른 것은 '다정이 우리를 구원하리라'라는 문장이었다. 어디선가 본 듯해 찾아보니 백수린 작가의 『눈부신 안부』에 닮은 문장이 있다. '다정한 마음이 몇 번이고 우리를 구원할 테니까' 그 문장을 읽은 순간의 공감이 무의식에 새겨졌나 보다. 그래서 한참이나 지나서야 나의 말인 것처럼 나의 온전한 바람인 것처럼 스며 나왔나 보다. 그러나 그것은 나의 진심이다. 울음을 바쳐 그렇게 생각한다. 다정이 우리를 다정이 나를 다정이 너를 다정이 세상을 구원하리라. 울음과 웃음을 앞에 둔 모든 것들을 구원하리라. 어쩌면 이 며칠은, 혼란 그 자체이던 이 며칠은 그렇게 기억될지도 모르겠다. 우리는 그 안에서도 다정했다고, 쓰러지는 마음을 다잡고 다정으로, 손에 쥔 서로의 온기로 순간을 버텼다고 말이다.

새 달력의 설렘도 없이 일월이 며칠 지난 것에 놀랐다. 그러나 울음도 웅성임도 지났다. 울음 없는 코를 풀며 이제는 진정하고 다독여야 한다고, 지구처럼 익숙하지만 절대 같지 않은 걸음을 반복하겠다고 다짐한다.

그러면 언젠가는 다정이 나를 구하리라.

그리고 당신을 우리를 구원하리라.

구월이 십이월에게

잘 지내고 있나요. 12월의 공기는 여전히 차고 사람들의 흰 입김도 늘 그랬던 것처럼 서둘러 어디론가 가고 있나요. 겨울의 가벼운 햇빛이 느리지만 공평히 아침을 깨우기 전, 아직 어두운 새벽을 맞을 당신을 생각합니다. 발끝에 걸린 이불을 코끝까지 당기며 시간을 유예하고 싶은 마음을, 그래도 이내 털고 일어나 선뜻 기지개를 켤 당신을 생각해요. 당신은 눈을 비비며 창밖을 보겠지요. 어젯밤 유독 공기가 일렁이나 싶더니 어느샌가 얇은 눈이 쌓여 있을지도 몰라요. 묽은 어둠이 내려앉은 새벽의 눈은 어떤 색에 가까울까요. 저기 어제 멈춰선 자리에 버스가 다시 섭니다. 버스도, 살짝 언 도보를 걷는 사람들도, 그리고 당신도 어제와 조금 다른, 그러나 여전히 십이월인 하루를 살아갑니다. 눈이 오거나 햇빛이 가득한 날씨와 상관없이 정해진 정류장에서 멈추고 사람을 만나고 다시 자기 몫의 길을 달리는 일상을요.

그렇게 생각하면 12월의 아침도 나의 것과 다르지 않겠다고 생각합니다. 다만 지금 내 방에 들어오는 아침의 빛이 조금 더 이르고 여기엔 오렌지빛 마리골드가 피어있다는 게 다를까, 하고 말이에요.

저는 지금 9월의 이른 가을에 있습니다. 며칠 전까지만 해도 여름인가 싶더니 어느새 가을이에요. 쟁쟁하게 울리던 초록의 잎도 잠시 숨을 고르고, 녹아내릴 것 같던 한낮의 온도도 적당히 서늘해요. 지나지 않을 것 같던 사건과 시간은 계절과 함께 흐르고, 모두 놓아버리고 싶은 순간마저도 어김없이 지나갑니다. 또 어쩌면 날씨처럼 변덕을 부리다 계절처럼 돌아오겠지요.

조금 이르지만 어제는 월동 준비를 하듯 물건을 샀습니다. 몇 년째 겨울이면 곁에 두는 로네펠트사의 겨울꿈 winter-dream이라는 차를 네다섯 상자 찬장에 채워 넣고 티백 몇 개쯤 가방에 챙겨두어요. 텀블러에 내가 마실 때도 있지만 가끔 만나는 사람들에게 하나씩 건네기도 합니다. 시나몬과 만다린 껍질이 들어간 루이보스 향이 주는, 익숙한 위로가 잠시 스치듯 만나는 이들에게도 따스하게 닿길 바라요. 아무래도 그런 것들이 우리 사이의 온기를 지켜준다고 믿습니다. 따뜻한 물에 퍼지는 붉은빛과 겨울의 향. 제 겨울의 한 조각 모양이에요.

당신의 12월은 제가 아직 모르는 시간입니다. 지나온 십이월들과 같지 않고 제 앞에 놓인 것과도 같지 않을 미지의 시간이지요. 어쩔 수 없이 십이월은 구월과도 오월과도 다릅니다. 일 년의 마지막 달이 주는 어감은 꽤나 무거워요. '아직은'이라는 기대보다 '이제는'이라는 정리의 말이 더 가깝고 미뤄둔 생각과 사람들이 밀물처럼 한꺼번에 밀려와 어쩐지 자꾸 뒤를 돌아보게만 됩니다. 저에게 십이월은 포기할 때와 아직일 때가 늘 헷갈리고, 연초의 기대와 다짐은 어느새 낡아 쿰쿰한 헌책 냄새가 나는 그런 느낌이에요.

환하고 빛나는 크리스마스트리나 그 아래의 선물 포장보다 뜯어지고 남겨진 한 장의 달력을 보는 사람, 곧 다가올 내년의 설렘이나 기대보다 지나가버린 것들에 마음을 두는 사람, 소란한 가운데 침잠하고 고요한 시간을 바라는 그런 사람이거든요.

한 해의 낡은 목표를 생각합니다. 올해의 것은 시 열 편 외우기였어요. 사실 옷과 가방 사지 않기라는 목록도 있었지만 연 분홍색 부드러운 체크 목도리를 본 1월부터 바로 해제되어 부끄러운 마음에 일단은 내년으로 미뤄두었습니다. 그러나 아무래도 단호한 '사지 않기'보다 설렁한 '한 달에 하나씩 사기' 정도로 타협해야 할까 고려하고 있어요. 이루려는 목표가 현실과 너무 떨어져 있으면 연말의 불꽃놀이처럼 순간으로 타오르고 사라질지도 모르니까요.

시를 이야기하자면 시작은 이래요. 어느 다큐에서 나이 든 어부가 바다의 흔들리는 고깃배 위에서 시를 읊는 장면을 봤

습니다. 어부의 얼굴은 바닷바람이 거칠게 남았고 머리나 옷
도 간편해요. 꿈에 대한 질문에 그는 시로 대답하고 있었어
요. 제게도 꿈이 있었습니다. 그리고 두 개의 시를 이어 붙이
지요. 꿈을 꿈으로 두지 않고 꿈을 발화하고 있었습니다. 그
런 그의 낭만을 닮고 싶었어요. 혼자 걷는 숲길이나 모두가
잠든 시간 나직이 읊조리는 소리는 어떨까 하고요. 나의 발음
이, 발음되는 구절이 오로지 나를 위한 가벼운 위안이 될 거
라고요. 물론 구월이 된 지금껏 외운 시는 하나도 없습니다.
가방이나 책상, 식탁에 시집을 가까이 두긴 했지만 먼 사람을
만나듯 시의 집에서 빼내어 가끔 한편씩 만났을 뿐이거든요.
아마 이 역시도 내년으로 미루지 않을까, 날씨처럼 예측합니
다. 어쩌면 다섯 편으로 줄어든 채로요.

올해도 어김없이 목표들은 흐트러지고 분해되고 맙니다. 하
지만 역시 지난 것은 지난 대로 두기로 해요. 일월의 다짐은
일월에 두는 거예요. 구월엔 구월의, 십이월엔 십이월의 다짐
이 있을 테지요. 낮과 밤이 반복되듯 우리의 다짐도 반복되는
것뿐이라고, 속 편하게도 일단은 그렇게 생각합니다. 미완성
은 미완성대로 두고 다시 이어가면 된다고. 분명 그 시작점의
위치는, 임계점은 달라져 있을 거라 믿으면서요. 그리고 저
는 당신의 십이월이 정말 그랬으면 좋겠습니다. 지나치게 무
겁지도 마냥 가볍지도 않은 당신만큼의 무게를 지녔으면 좋
겠어요. 중심을 버티고 설 만큼의 중력을 받고 가끔은 달리기

도 했으면 좋겠어요. 그러다 숨이 차고 지친 날이면 또 당신이 좋아하는 것들을 떠올렸으면 합니다. 시시하지만 별것 아닌 것들, 꿈보다 더 쉽게 망각되어 버리는 것들을요.

정오의 낮잠, 뜨거운 샤워, 곁에 있는 사람, 장작이 타는 소리 어느 날의 저녁노을, 언젠가의 꿈, 가벼운 스트레칭, 뜨겁게 우린 차나 커피, 귤 한 봉지, 어떻게든 되겠지 하는 마음, 주말 산책, 푹 익힌 토마토 스튜, 어릴 적 동네 골목, 작고 따뜻한 손바닥, 뺨에 닿는 바람.

이 작고 사소한 것들은 분명 당신에게 가닿겠지요. 당신의 피부로 근육으로 피로 몽글몽글 따스히 스며들고 당신의 얼굴은 고요하고 조용히 웃게 됩니다. 그렇게 12월을 보내주는 거예요. 괜찮아, 지금으로도 충분해. 당신과 작은 것들을 위해 기도하면서요.
새벽에 비가 오더니 제법 공기가 차갑습니다. 겨울은 멀지 않았을지도 몰라요. 계절을 지나 곧 십이월에서 만나겠습니다. 그럼 안녕히.

추신.
일 년이란 겨울로 시작해 다시 겨울로 가는 과정이 아닐까 하는 생각이 문득 듭니다.

은석에게

은석아
눈이 온다

네가 있는 그곳은 한여름인데 여기는 이렇게 눈이 온다 조각
처럼 부서지는 얼음의 결정이 소음을 소란한 마음을 빨아들
이고 몸을 바닥으로 던진다 벌어진 낮과 괴롭던 며칠의 밤이
언제였나 모르게 고요하고 가만한 눈만이, 그 정적만이 내린
다 흰빛이 흰 숨이 흰 망각만이 얕게 쌓인다

우와. 눈에도 소리가 있어
놀라던 너의 감탄 입을 벌리고 동조하던 나의 기쁨
그게 벌써 몇 년이나 지난겨울이라니

참, 어제 소포를 받았다 투명 테이프가 온 테두리를 단단히
감싸 투명한 속도로 투명한 소리로 투명한 냄새로 문 앞에 도
착한 하나의 행성이자 하나의 세계 ; 코코블랙의 다크 초콜

릿, 검은색 양장 노트, 책갈피, 그림책과 캐러멜 루이보스 티,
겨울나무 향 비누. 무분별한 선택 속 익숙한 취향. 사물에 담
긴 다정을 가만히 응시하다 웃다가 운다 적절한 순간에 만난
다정함은 가끔 견딜 수 없을 만큼 괴로워 다정의 껍데기를 벗
겨 한 조각씩 베어문다 목구멍으로 다정이 흐르고 꿀꺽,
이내 그것을 삼킨다

다정이 혀로
다정이 폐로
다정이 살갗 아래 어딘가로
몸 하나를 그대로 통과해
차가운 공기 안 피어오르는 숨결 사이로
다정이 사방으로 퍼진다

나는 무엇을 너에게 보낼까
어린 동주처럼 눈을 한 움큼 넣을까*
긴 시를 쓸까

은석아
은석아
이름을 부를까

그러나 은석아

모든 것이 정지한 듯

여기에는 그저 눈이 온다

소리 있는 눈이 그때와는 다른 눈이 그만큼 나이가 든 눈이

이렇게 온다

너에게 가려는 듯 점점 더 거세어진다

*   1936년에 쓰인 윤동주의 시 〈편지〉 가운데

종교는 없지만 메리 크리스마스

 밤새 눈이 쌓였고 뜯어진 빵조각 같은 눈이 아침까지 내렸다. 천천히 좌우로 떠다니다 문틀에 나무에 빙글 내려앉았다. 아이는 어제 제 아빠가 포장한 선물을 뜯으며 산타 할아버지가 창문으로 들어왔다고 순순히 알았다. 그것은 정말 믿음보다 앎에 가까운 것으로 당연히 그 자리에 있는 하나의 태양, 하나의 달처럼 그냥 아는 것이었다. 산타가 굴뚝도 없는 집에 (있다 한들) 어떻게 들어오고 어떻게 세상 아이들의 동태를 파악하는가 하는 문제는 어른들의 몫이다(물론 선물도). 아이에게 산타는 그저 새하얀 눈 위에 떨어진 열매처럼 빨간 옷을 입고 루돌프를 데리고 다니며 착한 아이들의 머리맡에 하나씩 선물을 놓아두는 크리스마스의 현신일 뿐, 어른들이 가진 무수한 비밀 가운데 아름다운 것에 속한다는 사실은 일부의 아이와 어른들만 알고 있다.

 침대에 누운 채 환한 얼굴로 레진 목걸이와 반지를 요리조리 보는 아이를 보며 아, 어쩌면 종교가 이럴까 하고 생각했다. 그냥 있는 것. 그 자리에 있음을 믿을 필요도 없이 아는 것. 그러니까 종교란 믿기에 앞서 누군가의 존재를 그저 아는 것이 아닐까 하고.

쌓인 눈을 보면 아이는 밟는다. 눈 녹은 물이 고여도 밟는다. 그리고 결국은 눈 위에 드러눕는다. 옷과 신발이 젖기를 걱정하는 것은 또다시 어른이다.

눈이 바다의 수면에 닿으면 금방 녹아 사라지겠지. 물이 물을 수용하는 모습이 보고 싶어 가던 길을 돌려 바다로 향했다. 아직 아무도 밟지 않은 눈길을 걷다가 바다 옆 모노레일에 서서 점점 안으로 좁혀지다 끝내는 맺히고 만 소실점을 바라봤다. 1426년 마사초Masaccio는 최초로 소실점, 말하자면 원근법을 회화에 적용해 〈성 삼위일체 Trinity〉라는 그림을 그렸다. 대칭된 돌기둥과 사람들, 그 사이 십자가에 매달린 예수. 그 그림을 처음 봤을 때 이미 그들의 은혜로 회화의 원근감에 익숙했던 나는 입체적인 구도보다도 묘비를 장식했다는 작품 아래 적힌 글에 더 사로잡혔었다.

'나도 한때 당신과 같았고, 당신 역시 언젠가 나와 같이 될 것이다.'

부디 모두에게 평등한 죽음을.

마주한 바다는 썰물이었다. 눈이 진흙 위로, 돌의 무덤과 낮은 테트라포드 위로 내리는 모습 앞에 잠시 서다 바다 곁 레일 위를 걸었다. 허공으로 뻗어나간 나뭇가지, 그사이를 머물다 날리는 눈의 춤을 바라보며 핸드폰을 켜서 영상을 찍었다. 살짝 흐린 날씨, 진흙이 흡수하는 눈, 스피커에서 낮게 흐르는 피아노 연주, 끝없이 이어진 나무와 레일, 희게 쌓인 눈, 이어지는 눈, 눈.

하늘을 보며 비를 품은 구름과 눈을 품을 구름의 색은 다르구나, 하고 생각했다.

난 종교가 없다. 하지만 네 번째 재발한 제자리암 수술을 위해 수술대에 누웠을 때는 모든 신을 찾았다. 예수님 부처님 공자님 알라님, 그런데 공자도 신인가. 잘 모르면서 그냥 되는대로 찾았다. 누구든 당신이 누구든 조금의 힘이 있다면 저를 구해주세요. 제 체온과 면역력을 올려주세요. 자궁을 빼앗지 말아 주세요. 앞뒤 안 맞는 기도를 했었다. 그러나 오늘에야 알았다. 신은 믿어야 할 존재가 아니라 그저 있는 존재. 아이의 산타처럼 그 자리에 있다가 어떤 경로로든 선물을 주고 아이를 놀라게 하다 또 어딘가로 사라지고 나타나기도 하는 그런 단순하고 신비로운 존재라는 것을.

어느새 겨울의 정오.

이제 눈은 그쳤다. 아마 이른 오후에는 아이와 눈으로 된 오리들을 만들 것이고 눈이 꽤 쌓였다면 작은 눈사람도 만들 수 있을 것이다. 아이의 젖는 몸을 나는 걱정하겠지만 아이는 또

아랑곳 않고 눈 위를 걷고 뛰고 넘어질 것이다. 그렇게 자랄 것이다. 그리고 만약 내일도 눈이 온다면 그리고 그때가 밀물 때라면 바다에 눈이 닿는 모습도 볼 수 있을 것이다.

  그게 올해 나의 크리스마스의 모양이다.

  모두들, 메리 크리스마스.

오래된 생화

집에서 걸어갈 수 있는 거리에 좋아하는 꽃집이 있다. 가게 이름은 도깨비 호떡. 쇼윈도 너머가 아닌 떡볶이와 순대, 튀김 냄새 앞에서 한참이나 서성이며 꽃을 고를 수 있는 곳으로 동네 떡볶이 맛집으로도 유명한 곳이다. 거기서 꽃을 파는 시기는 오로지 봄. 이월의 끝에서 오월의 초까지 열 가지도 넘는 종류의 꽃이 슬러시 기계 앞에 명랑히 피어 있다. 빅토리아 크러쉬, 피에스타, 마담 골리아, 베이비퍼퓸, 미스티블루, 갖가지 형태와 색의 소국, 스타티스, 유칼립투스, 스토크, 리시안셔스, 수국, 그리고 프리지어. 호떡집 사장님이 하루 한 번 혹은 이틀에 한 번 새벽 꽃시장에서 데려오는 아이들이다.

아직 새벽의 꽃시장에 가본 적이 없다. 새벽이라는 시간은 한낮보다 푸르고, 투명하게 둘러싼 식물의 집 안은 싱그러울 것이다. 어떤 마음일까. 밤의 짙푸른 기운이 맴도는 새벽, 환하게 진열된 초록의 낙원에서 제각각의 꽃을 온몸 가득 골라 돌아오는 기분은. 가게 불을 켜고 커다란 양동이에 물을 가득 붓고 빈틈없이 꽃을 심으며 하루를 시작하는 손끝은. 그렇게 자리에서 일어나 무릎을 털고 떡볶이 조리대에 물을 다시 한 번 가득 붓는 하루는.

겨울과 봄의 경계에 서 있을 때면 언제 봄이 올까 기다리지만 기다리지 않아도 봄은 오고 어느새 기다렸다는 사실마저 잊어버린다. 나 역시 매번 누군가의 손에 들린 노오란 프리지어를 보고서야 아, 봄이구나 알아챈다. 그렇다, 프리지어. 프리지어를 보면 봄이구나, 생각한다. 그리고 그 꽃집을 떠올리고 프리지어 한 단을 살까, 아니면 어려운 이름의 낯선 꽃을 몇 송이 살까 고민한다. 하지만 지금은 겨울이고 나의 그 꽃집은 떡볶이와 튀김, 호떡만 팔고 있다. 길가에는 아직도 덜 녹은 회색의 눈이 쌓여있고 어제는 비와 섞여 내리던 눈이 어느 순간 펄펄 내리기까지 했다.

「오래된 생화 나눔 합니다. 떡잎 정리하면 며칠은 볼 수 있어요.」

일주일 전인가 근처 화원이 SNS에 저 문구와 함께 꽃 사진을 올렸다. 노랗거나 분홍인 튤립, 여러 품종과 색깔의 장미, 심지어 푸르고 흰 장미, 리시안셔스, 아네모네, 몇 개의 이름 모를 꽃들. 오래되었다는 말이 없었다면 별생각이 들지 않았을 그저 아름답고 화려한 송이들이었다. 오후에 가서 받아도 될까요? 조심스레 묻자 사장님은 오시기 전에 연락주세요, 대답했다. 그리고 오후 네 시쯤 좁은 골목 사이에 있는 그곳을 찾았다. 개가 짖고 해 질 녘이면 무언가를 태우는 냄새가 나고 또 어딘가는 닭도 키우는 구도로舊道路쪽이었다. 한참 사람들이 다녀갔는지 이제 꽃이 얼마 남지 않아 조금 낡은 빛이 도는 리시안셔스와 역시 조금 잎이 바랜 장미를 골랐다. 하루 이틀 잠시 집안을 환하게 해 줄 꽃들, 색채들, 생명의 조각들. 조금 시든 장미의 꽃잎은 모두 떼어내 아이와 하늘로 뿌리며 놀았다. 눈이다. 꽃눈이다. 두 손을 펼쳐 내리는 꽃을 맞았다. 반절은 얼마 전 이사 온 지인에게 건넸다. 우리 예쁜 건 함께 봐요. 고작 며칠이겠지만 잠깐이라도 함께 해요. 그런 가벼운 마음. 그녀는 오래된 생화라는 단어에서 소설의 이야기가 새어 나올 것 같다고, 시들었어도 꽃은 꽃이니 기쁘게 받겠다고 했다. 나는 혼자 오래된 생화라는 단어가 성립된다면 오래된 인간이라는 단어도 성립될까. 뭐 그런 생각을 했다. 오래된 생화. 오래된 생화. 단어에서 시 냄새가 나는 것도 같았다.

아마 이삼 주만 지나면 그 꽃집에도 꽃들이 얼굴을 내밀 것이다. 떡볶이와 순대와 튀김, 호떡 앞에서 흐드러지게 찬란히.

입으로 내어진 말이든
휘갈겨 쓴 글씨든
인쇄된 문장이든

　이상해요. 이제 막 봄이 기지개를 켜는 참인데, 그토록 기다리던 목련과 콩다닥냉이와 봄밤의 산책인데 다시 겨울이길 원하는 애달은 마음이라니요. 겨울의 찬 공기를 벌써 그리워하는 마음이라니요. 발끝까지 끌어내린 이불, 밤마다 뜨거운 물로 가득 채우던 고무주머니, 난로에서 빛나던 붉은 온도, 차갑고 짙은 새벽, 숨 끝에서 퍼지던 흰 입김, 금방 식어버리던 목욕물, 두껍고 무거운 외투, 몸의 오랜 점처럼 익숙한 감기. 어쩌면 그걸 다 잊고서.

　'겨울 전나무가 왜 아름다운지'*

———————————
*　　고명재, 『너무 보고플 땐 눈이 온다』, 난다, 2023

지나간 겨울의 안부가 궁금해진 건 저 단순한 문장 때문이었습니다. 겨울과 그 속의 전나무를 또렷이 마주하고 싶었어요. 어쩔 수 없어요. 언어에는 저항할 수 없는 힘이 있으니까요. 입으로 내어진 말이든 휘갈겨 쓴 글씨든 인쇄된 문장이든 이미 그것을 만나고 나면 그전으로 되돌아갈 수 없으니까요. 안녕. 고마워. 너를 아껴. 그런 게 아니야. 잘 가. 당신의 피에 목소리와 잉크가 떨어지고 섞여 듭니다. 쉽고 어렵게 내어지는 언어들. 우리는 붉은 잉크를 마시며 자라는지도 몰라요.

조금 전 아이들이 우르르 곁을 지날 때였어요. 한 아이가 말했습니다. '그래서 머리를 잘라잘라 했거든.' 나는 조용히 웃습니다. 자른 머리와 잘라 잘라한 머리는 분명 다르겠지, 생각하면서요. 그러고 보니 며칠 전 친구에게 '친절한 신이 씨'라는 문자를 받았어요. 가만히 보다가 친절함과 다정함의 차이를 생각했습니다. 나는 친절하고픈가 다정하고픈가도 생각하고요. 생각하다 보니 친절한 금자 씨도 고개를 내밀기에 금자 씨에게 묻습니다. 친절한 금자 씨. 친절함과 다정함은 어떻게 다른가요. 나의 금자 씨는 말해요. 친절과 다정을 베풀려면 당신의 몸과 마음에 힘이 있어야 한다는 점에서 둘은 비슷해요. 하지만 차이를 두자면, 친절이 부드러움이라면 다정은 따뜻함 아닐까요. 고개를 끄덕이던 나는 아름다운 것들은 모두 그렇게 다르듯 비슷하구나 하고 생각합니다.

다가올 겨울에는 월정사의 전나무 숲에 가보고 싶습니다. 멀듯 보여도 또 금방 겨울은 곁에 바짝 다가서겠죠. 세 계절이 지나는 사이, 그 아이는 또 머리를 잘라 잘라할 테고 나는 친절하거나 다정한 신이 씨가 되려 애쓸 테고 수많은 말은 여전히 쉽고 어렵게 내어지며 우리의 안에서 소화되거나 또 뱉어지겠지요. 봄 여름 가을 그리고 겨울. 어떤 언어와 어떤 시간과 어떤 감각이 계절을 채울까요. 아마 전부 내 뜻이진 않겠지만 내 뜻으로 되는 건 다정했으면 좋겠다, 친절하면 좋겠다, 바라봅니다. 봄에 부는 바람처럼 부드럽고 따뜻하길, 당신의 것도 당신에게 다가오는 것들도 그러하길, 이렇게요.

그러나 그보다 더 바랍니다.
봄에는 봄을 그대로 맞길,
다시없을 이 봄을 그대로 사랑하길,
하고요.

에필로그

시간을 생각합니다.

사람을 생각합니다.

고마운 시간도 고마운 사람도 너무 많습니다.

(특별히 이름을 넣어 달라 했던

상혁 그리고 아윤, 늘 고마워요)

모두들

건강했으면, 무탈한 행복을 잔뜩 누렸으면

지나온 모든 것을 끌어안고

끌어안고도 그랬으면 좋겠습니다.

어떤 살아있는 것의 빛/ 윤신

초판 1쇄 발행 • 2024년 9월 20일

지은이 • 윤신

펴낸곳 • 여름정원

표지 그림 • 김영준

내지 디자인 • 권도연

전자우편 • enchantshin@naver.com

인스타그램 • @summergardenbooks

ISBN • 979-11981993-3-103810

* 본도서는 인천광역시와 (재) 인천문화재단의 후원을 받아
'2024예술창작지원사업'으로 선정되어 발간되었습니다.

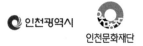

여름 정원